彩雲国物語

朱にまじわれば紅

雪乃紗衣

13788

角川ビーンズ文庫

彩雲国物語

朱にまじわれば紅

目　次

彩雲国物語

朱にまじわれば紅

ものがたり

◆彩八州から成る彩雲国の若き国主・劉輝は、即位直後から仕事を放棄するとんでもない昏君（ばかとの）。そんな王様の教育係に抜擢された秀麗は、貴妃の名目で後宮に入り、ダメ王改造計画をすすめる。

◆一方、「昏君のふり」をしていた劉輝は、秀麗と出会って心機一転、精力的に国政に参加するようになった。そしてついに官吏登用試験への、女性の参加が認められて……

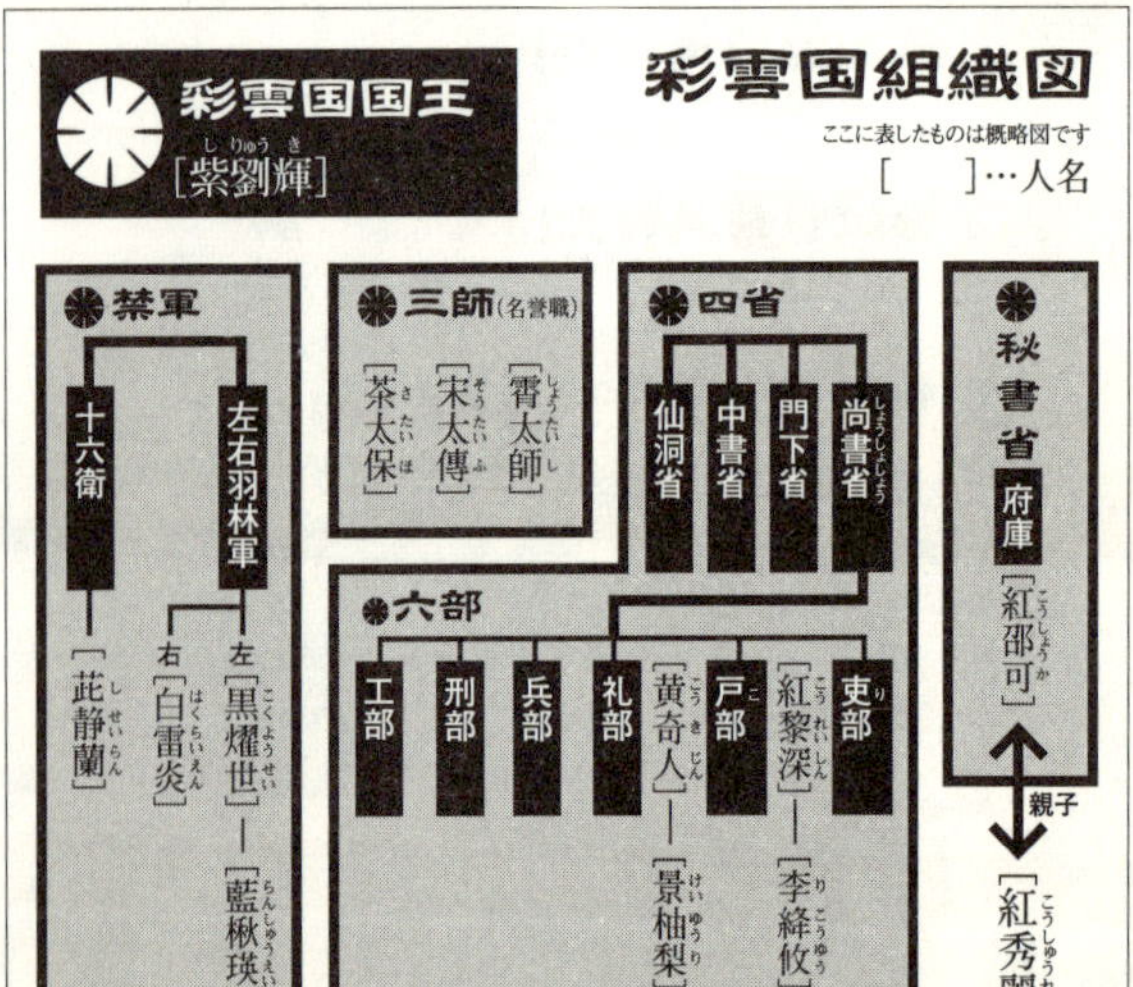

紅《こう》秀麗《しゅうれい》

名門・紅家のお嬢様。
貧乏暮らしのおかげで庶民派のしっかり者に育った。

紫《し》劉輝《りゅうき》

彩雲国国王。秀麗が好き。
昏君（ばかとの）のふりをしていたが、現在は賢君に。

茈《し》静蘭《せいらん》

紅家に仕える家人。
秀麗のお守り役でもある。
過去を捨てて生きる青年。

李《り》絳攸《こうゆう》

文官。吏部侍郎。
紅黎深の部下にして養い子。
秀才だが致命的な方向音痴。

紅《こう》邵可《しょうか》

紅家のあるじ。秀麗の父親。
家事が苦手で家計に無頓着な浮世離れした好人物。

藍《らん》楸瑛《しゅうえい》

武官。左羽林軍将軍。
紅家と並ぶ名門・藍家の出身。
絳攸とはくされ縁。

紅《こう》黎深《れいしん》

邵可の弟。吏部尚書。
兄と姪をこよなく愛する。

杜《と》影月《えいげつ》

黒州出身の少年。
王都貴陽で秀麗と出会う。

イラスト／由羅カイリ

本文イラスト／由羅　カイリ

幽霊退治大作戦！

序

「――不味《まず》い」

吏部尚書《りぶしょうしょ》・紅黎深《こうれいしん》は開口一番、そうのたまった。

言いつけられてお茶を淹《い》れていた李絳攸《りこうゆう》は、その言葉で、こめかみにびしっと青筋を浮《う》かばせた。これで相手が彼以外の人間だったなら「じゃあ食うな！」と言いはなって終わりなのだが、あいにくとこの上司に、そんなことは恐《おそ》ろしすぎて言えるわけもなかった。

「……あなたが、饅頭《まんじゅう》つくってもってこいと言ったんでしょうが」

小声で抵抗《ていこう》を試みる絳攸。しかしあっさり撃沈《げきちん》される。

「まずい饅頭をつくってもってこいと言った覚えはない。というか絳攸、君はこれが饅頭に見えるのか？　私には煎餅《せんべい》に見えるんだがね」

平べったいそれは、確かにどうひいき目に見ても「饅頭」には見えなかった。

しかし絳攸にも言い分はある。

「……朝から晩まであなたにこき使われて、饅頭づくりの腕《うで》を上げる時間なんてあるわけないでしょうがッ！」

黎深はやれやれと大仰《おおぎよう》にため息をついてみせた。

「自分の努力不足を棚《たな》にあげて人を非難するとは。私はそんな風に育てた覚えはないな。どこで教育を間違《まちが》ったかな」

「…………ッ!!」

「茶も失格。もっとほどよい苦みと甘みがでる頃合《ころあ》いを見計らいたまえ。……茶、おかわり」

不味いと言いながら茶も饅頭も消費する黎深に、こめかみをひきつらせつつ絳攸は黙《だま》って茶を注ぐ。

不意に、扇子《せんす》がパチンと鳴った。

——きた、と絳攸は内心で身構えた。

呼び出された時点ですでに嫌《いや》な予感はしていたが、黎深が人払《ひとばら》いした時点で、それは確信に変わっていた。

紅黎深は、その地位には若すぎる男だった。三十をいくつか超《こ》えてはいるが、それでも朝廷《ちようてい》の中枢《ちゆうすう》を担《にな》うには異例の若さである。もっとも絳攸のほうが彼を上まわる「異例の若さ」と言われてはいたが。

切れ者と名高い黎深の、本当の性格を知る者は少ない。そして絳攸はその数少ない一人であり、彼と二人きりの「話」などろくなものであったためしがないと、身をもって学んでいた。

——……今度は何だ。

絳攸が半ばやけっぱちで黎深を見ると、いかにも優雅《ゆうが》に微笑《ほほえ》み返された。最悪だ。

「霄太師《しょうたいし》から要請《ようせい》があった。明日より君は主上付きになる。しっかり励《はげ》むように」

絳攸の顔から一瞬《いっしゅん》にして表情が消えた。彼は即座《そくざ》に冷ややかな声で言い捨てた。

「イヤです。他《ほか》当たってください」

ぱちん、と黎深の扇子が再び音を立てる。

「お前、昨日私が饅頭をつくって持ってこいといったときも、イヤだと言ったろう」

「は？　当たり前じゃないですか。なんで私が饅頭なんざつくらなきゃならないんですか」

「こないだ面倒《めんどう》だから私の代わりに朝議に出ろと言ったときも、イヤだと言ったな」

「……あれは普通《ふつう》、各省庁の尚書《ちょうかん》が出るもんでしょうが！」

「数年前、私の嫌《きら》いな某《ぼう》重臣の鬘《かつら》を公衆の面前で偶然《ぐうぜん》を装《よそお》ってカッ飛ばしてつるっパゲにしてやれと言ったときも、イヤだと言ったな」

「……………い、言い…ましたよ」

「さらに前、王都の女装大会少年部門に出て優勝商品の米俵百俵をもぎとってこいといったときもイヤだと言ったな」

「…………」

「さらに子供の頃、お前を拾うぞといったときもイヤだと言ったな」

「……………」

「お前がイヤだと言って、実際それを貫《つらぬ》けたことがあったか？　ん？」

勝利宣言のごとく優雅に扇《おうぎ》を広げる紅黎深。その姿はまさしく無敗の王者だった。

しかし今回ばかりは絳攸も素直《すなお》に頷《うなず》くわけにはいかなかった。

「嫌です。私はあなたの部下なんですよ」

「もちろんだとも。少々霄太師に貸し出すだけだ。籍《せき》は吏部に置いておく」

「——相手はあの昏君《ばかとの》なんですよっ⁉」

「いいじゃないか。何事も経験だ。しっかりやってきたまえ」

「でもですね！」

黎深はそれ以上言わせなかった。

「——絳攸？　この私が決めたことなんだ。嫌だなんて言えると思っているのか？」

「……う……」

あくまで笑顔の上司に、彼は負けた。

幼いころ黎深に拾われ、それから十年以上もそばにいた絳攸は、なんだかんだ言いつつ結局彼を——本人は断固否定するだろうが——敬愛していたので、最終的に彼の言うことには逆らえなかった。たとえその命令がどんなにイヤでも。

そして吏部侍郎《りぶじろう》（本日只今《ただいま》出向決定）李絳攸の、憂鬱《ゆううつ》な日々が始まったのだった。

「…………暇《ひま》だ」

絳攸は、宮城《きゅうじょう》の府庫《ふこ》――図書室――でむなしく頁を繰《く》っていた。

主上付きにされてから半月――やることなし、仕事なし、居場所なし。それもこれも即位《そくい》したばかりの十九歳の若き新王が、政事《まつりごと》をやる気がまったくなく、日々後宮にこもって過ごしているからであった。

現に絳攸は、半月前に直属の上司から出向を命じられ、主上付きを言い渡《わた》されたくせに、いまだ当の本人に目通りすら叶《かな》っていない。国試に史上最年少で首席及第《きゅうだい》し、出世街道《かいどう》を突《つ》っ走《ぱし》り、朝廷一の才人と誉《ほま》れ高く、それまで若手筆頭の出世株として脚光《きゃっこう》を浴びつづけてきた彼は、初出仕以来初めて肩身《かたみ》の狭《せま》い思いというものを味わっていた。

「……この俺が、毎日をただただただただ何となく時間を浪費《ろうひ》しているとは……っ」

絳攸の怒《いか》りは限界にきていた。以前は人使いの荒《あら》すぎる上司のおかげで寝《ね》る間もないほどこき使われていたが、何もすることがないというのがこんなに苦痛だとは思ってもみなかった。

「……それもこれも全っっっ部、あの昏君のせいだ――――っっ」

ダン！　と絳攸は卓子《たくし》をぶっ叩《たた》いた。静かな府庫に響《ひび》き渡った怒りの声に、府庫にいたもう一人の人物が驚《おどろ》いたように振《ふ》り返った。

「絳攸殿《どの》、ど、どうなさいました？」

そのものやわらかな声に、絳攸はハッと我に返った。

「も、申し訳ありません邵可様《しょうかさま》、府庫でこのような大声をだして」

「いえいえ、……その、だいぶ、イライラがたまっているようですね」

紅邵可は微苦笑《びくしょう》を浮かべた。

彼の穏《おだ》やかな表情や、誠実で優《やさ》しい声が絳攸は好きだった。自分の上司といくつも違わないはずなのに、性格は天と地ほども違う。いつもなら読書をしつつ邵可と話をするだけで絳攸は癒《いや》された。しかし今回ばかりは、そういうわけにもいかなかった。

「これが苛々《いらいら》せずにいられますかっ⁉」

絳攸はガバッと顔を上げた。府庫に二人きりを幸い、絳攸はこの半月あまりためまくってきた怒りをぶちまけた。他の相手には自称《じしょう》「鉄壁《てっぺき》の理性」を保つ絳攸であるが、この府庫の主は絳攸が尊敬する数少ない人物であったので、遠慮《えんりょ》なく愚痴《ぐち》りまくった。

「嫌だって言ったのにむりやり主上付きに異動になって半月、あんのバカ王は後宮にこもって出てこないわ、政事しないわ、おかげで俺…私の居場所はないわ、仕事はないわ、やることないわ、でも出仕はしなくてはならんわ、あげくのはてにあのクソバカ王が寝所《しんじょ》で相手にしてるのは女じゃなくて男だなんて、これでイライラがたまらないと思いますかっっ⁉」

「え――……っと」

邵可は返す言葉がなかった。なまじ絳攸の言葉が当たっているだけに反論もできない。気の毒すぎて、そうですね、とも言えなかった。

「その、主上にも、何か理由があるのかもしれませんし」

「理由!?」

くわっと絳攸は目を見開いた。

「即位して半年！　朝議に出たのは数えるほど、御璽《ぎょじ》も適当に捺《お》して、あとは日がな一日後宮にこもって、毎晩別の侍官を呼ぶのに、どんっっな理由があるってんですか!?」

「え――……っと」

邵可はまたも言葉に詰《つ》まった。しばらく悩《なや》んで、ここは話題を変えよう、と思いつく。そして到底《とうてい》口が上手《うま》いとは言えない邵可は、かなり強引《ごういん》に話のネタを転換《てんかん》してしまった。

「あ、そうそう、絳攸殿、知っていますか？」

「は？」

「実はですね、この府庫には、幽霊《ゆうれい》が出るんですよ」


――府庫に幽霊が出る。

それは絳攸にとって、非常に聞き捨てならないことだった。別に読書の邪魔《じゃま》になるとか、そういうことではない。絳攸はたとえ幽霊が出たとしても構わず読書をつづけるだろう。

問題は別なところにあった。そしてそのために彼は一つの決意を固めた。

「――絳攸、君が私を呼ぶなんて、珍《めずら》しいね」

待ち合わせの場所にやってきた青年武官は、久方ぶりに会う仏頂面《ぶっちょうづら》の知己《ちき》にもかまわず、にこやかに笑った。

「なんだか、会いたくなかったっていう顔だけど」

「そうだ、ちっとも会いたくなかった」

絳攸はきっぱりと言った。

「しかし仕方ない。貴様でも役に立つなら妥協《だきょう》はしなくてはならん」

「はあ？」

「――幽霊退治をする。手伝え」

大まじめに、絳攸は彼に告げた。


その夜、二人の青年は府庫に向かった。

「……いやはや、珍しくも君に呼び出されたと思ったら、まさか幽霊退治とはね」

府庫に向かいながら、青年武官――藍楸瑛《らんしゅうえい》はにやにやと笑った。

「頑固《がんこ》一徹《いってつ》、現実主義の君の口から幽霊なんて言葉が出るとは思わなかったねぇ」

「うるさい黙《だま》って歩け」

「つれないな。一緒《いっしょ》に国試に及第した仲じゃないか。席も隣《となり》だったし、試験中厠《かわや》に行った帰りに迷った君を連れ戻《もど》してもあげたのに。及第したあとは同じ役所に飛ばされたりして、こんなに縁《えん》があるのに、どうして君はそうつれないかな」

「その縁の名を腐《くさ》れ縁というんだっ！　いいか、腐ってるんだ。ちぎれんのを待ってる状態なんだ！　今回は急なことで武官の当てが貴様くらいしかいなかったから、仕方なく妥協したんだっっ。そこのところをよく肝《きも》に銘《めい》じとけっ!!」

　楸瑛は驚いたように目を丸くした。

「肝に銘じるって、何を？　心配せずとも絳攸、私が女性専門ってことは知ってるだろう？　そりゃ、君が女性なら勿論《もちろん》、喜んで相手をさせていただくけれど」

　絳攸の血管が切れた。——そうだ、こいつはこういう男だった。

「こんのばかたれがぁっ！　あいっかわらずお前の頭は年中常春《とこはる》かっ!!」

「君こそ、相も変わらず女性嫌《ぎら》いなんて言ってるのかい？」

　楸瑛はやれやれと首を振った。

「そっちの趣味《しゅみ》があるわけでもないのに、いつまでもそんなことばかり言ってると、主上と同じ趣味のかたがたから誤解されかねないよ？　だいたい君、その恵《めぐ》まれた容姿で女性嫌いなんて言ってみろ。うちの軍のむさい野郎《やろう》どもに即《そく》半殺しにされるよ。そのうち男に組み敷《し》かれても知らないからね」

恐《おそ》ろしいことをしゃあしゃあと言ってのける悪友に、絳攸は歯ぎしりした。

「貴様こそ、いつか絶対馬鹿《ばか》な女に刺《さ》されるだろうよ！　はっ、そしたら線香《せんこう》の一本くらいはあげてやる。ついでにお前の墓には『祝！　常春頭、頭ニ花ヲツケスギテ遂《ツイ》ニ圧死ス』って刻んでやる」

「ははは。うまいな。……ところで絳攸」

「なんだッ!!　黙って歩け！」

「や、そうしてもいいんだが、そうすると府庫とは反対方向に行っちゃうよ」

ぴたりと絳攸の足が止まった。

楸瑛は笑顔《えがお》で反対方向を指さした。

「はりきって歩いているところを悪いね。でも府庫は向こうだからね。いいかい？」

ぷるぷると震《ふる》えながらも、絳攸は猛然《もうぜん》と踵《きびす》を返した。

よせばいいのに、楸瑛はふくらんだ堪忍袋《かんにんぶくろ》を針でつついた。半ば意図的に。

「君の方向音痴《おんち》も、ぜんっっぜん快復の余地なしみたいだねぇ。朝廷随一《ちょうていずいいち》の才人と名高い君が実は超絶《ちょうぜつ》方向音痴で、さりげなく人のあとにくっついていかないと目的地までたどり着けない、なんて知ってるの、どれくらいいるんだろうね」

絳攸の堪忍袋は爆発《ばくはつ》した。

無事府庫にたどり着くと、絳攸は勝手に失敬してきた鍵《かぎ》で府庫を開けた。

府庫は真っ暗だった。

古い本の匂《にお》い。ひんやりとした空間。数え切れないほどの書棚《しょだな》は闇《やみ》にうずもれ、馴染《なじ》み深い室《へや》のはずが、まるで違う世界に迷い込んでしまったかのような錯覚《さっかく》をおぼえる。

絳攸は手燭《てしょく》をともし、手近な卓子に手にしていた風呂敷包《ふろしきづつ》みを広げた。その中からころがりでたものを見て、楸瑛の眉《まゆ》が寄った。

「……なんだい、これ」

「見てわからんのか。饅頭《まんじゅう》だ」

「へえ、饅頭だったのか。やけに独創的な形だな。どこのヘボ菓子《かし》屋で買ってきたんだ？　ここまでくるといっそ小気味いいな」

びしっと絳攸のこめかみに青筋が浮《う》いた。――どいつもこいつも。

「食っちまえば形なんぞ関係ないだろが！」

「……もしや、君がつくったのかい？」

「あの人に、むりやりつくらされているんだ!!」

――絳攸は、かれこれ半月前の煎餅《せんべい》饅頭お披露目《ひろめ》以来、ほとんど毎日、上司の命によって饅頭をつくらされていたのである。しかしさっぱり上達せず、平べったい形にもまったく進化の兆《きざ》しが見られなかった。政事にはこの上なく有能な絳攸も、菓子作りの才能には恵まれなかったらしい。

しかしそれを聞いた楸瑛は爆笑《ばくしょう》した。それこそ腹を抱《かか》えて大笑いした。

「……はっ、き、君に饅頭をつくらせることができる人なんて、この世で紅吏部尚書殿《りぶしょうしょどの》くらいだねぇ。は、ははは！」

「笑い死ね!!」

「や…君の手づくり饅頭なんて、稀代《きたい》の大書家、琅榮々《ろうえいいえい》の遺作より貴重だよ！」

笑いすぎて涙《なみだ》を浮かべながら、楸瑛は奇妙《きみょう》な形の饅頭に手を伸《の》ばした。しかしつまむまえに絳攸に手の甲《こう》をはたきおとされる。

「なんだい、一つくらいいいじゃないか。幽霊退治の合間のおやつだろ？」

「ばかもの！　この一大事におやつなんぞ食ってる暇《ひま》があると思ってるのか」

「…………」

じゃあこれは何だ。思わず目で問うた楸瑛に、ふんぞり返って絳攸が応《こた》える。

「これは幽霊用だ」

「はあ？」

「府庫に出る幽霊は饅頭が好きらしいと、邵可様がおっしゃっていたんだ」

楸瑛は目許《めもと》に残していた笑いをおさめると、長年の友人を無言で見つめ返したのだった。

「……くそ。幽霊《ゆうれい》め、早くこんか」

饅頭を用意してからはや一刻。

絳攸は書棚の陰《かげ》から苛々《いらいら》と、饅頭を置いた卓子《たくし》を睨《にら》みつけていた。

楸瑛は、これじゃまるで幽霊退治でなく庖厨《だいどころ》の菓子泥棒《どろぼう》小僧《こぞう》をつかまえるみたいだ、と思ったが、賢明《けんめい》にも口には出さなかった。また、幽霊が現実の饅頭をちゃんと食えるのか、とも思ったが、やはりこちらも思うだけにとどめた。絳攸が大真面目《おおまじめ》なことをわかっていたからだ。

「……それにしても、なんでそんなに府庫の幽霊を気にしてるんだい？」

楸瑛は疑問に思っていたことを訊《き》いてみた。

何せ宮城には幽霊話など珍《めずら》しくもない。どこそこの池からは水死した女が夜中に浮かび上がるとか、どこそこの室《へや》では首なし死体が自分の首を捜《さが》して徘徊《はいかい》するとか、それこそ一室にひとつくらいの勢いで幽霊話が蔓延《まんえん》しているのだ。

「俺だって幽霊ごとき、いようがいまいがどっちでもいい。公務の邪魔《じゃま》さえしなけりゃな」

きわめて現実的な絳攸はきっぱりと言った。

「だがな、府庫に出るのが問題なんだ」

「なぜ？」

「府庫に幽霊なんぞ出て、邵可様に万一のことがあったらどうするんだ」

邵可は府庫の書物を管理する役職に就《つ》いている。ゆえに一日のほとんどを府庫で過ごし、時には泊《と》まりこむことだってある。

悪霊《あくりょう》だったりしたらどうするのだ。幽霊の存在を知らなかったならいざ知らず、知ってしまった今となっては、邵可を尊敬する絳攸には、みすみす放《ほう》っておくことなどできなかった。

「……君、本当に邵可様が好きなんだなあ」

「貴様は違《ちが》うのか」

「いいや。いろいろな意味で心から尊敬しているよ。なんであんな人がこんなところに埋《う》もれているのか、さっぱり理解できないね」

府庫にこもって本ばかり読んでいる邵可は、たいていの官人からは閑職《かんしょく》として無視されている。その穏《おだ》やかな性格のせいもあるだろう。だが、真に人を見る目のある者なら、一度会話を交《か》わしさえすれば、邵可がどれほどの知識を有し、かつ柔軟《じゅうなん》な思考もあわせもつ稀《まれ》な人材か、すぐにわかる。

知識人を自負する絳攸だが、その彼ですら邵可には到底及《とうていおよ》ばない。それがわからずに府庫に埋もれさせている王も重臣たちも、心底バカだと思う。

「それに邵可様は——」

「何？」

「……いや、なんでもない」

珍しく途中《とちゅう》で言葉を切った絳攸に首をかしげつつも、楸瑛は話題を変えた。

「それにしても君も暇だよね。主上付きになったんだろ？」

「——そのことは言うなっ」

苛々が再燃したらしい声に、楸瑛はカラカラと笑った。

「君も大変だねぇ」

「貴様だって、あのバカ王の警護が仕事だろうがっ！」

「そうそう、私もめっきり仕事がなくてね。だからこそ君に付き合えるんだが」

二人ともに文官・武官の出世頭《がしら》であったはずなのに、どちらも仕事がなくて、真夜中に饅頭をエサに幽霊退治をしているとは……絳攸は情けなくなった。

「まあ、平和な証拠《しょうこ》でいいじゃないか」

「いいわけあるかっ」

叫《さけ》んだとき、急に隣《となり》の楸瑛に口をふさがれた。ぎょっとした絳攸の耳に、微《かす》かな物音がすべりこむ。

きぃ、と扉《とびら》がひらいたのだ。風で動いたにしては不自然な動きだった。

息を詰《つ》めて見守る二人の前で、白っぽい人影《ひとかげ》のようなものが、音もなく府庫に入ってくる。手燭は消してしまったため、辺りは暗闇《くらやみ》だ。しかし煌々《こうこう》と冴《さ》えわたる月明かりが扉口から差し込み、かろうじてぼんやり白い影が見えた。

不意に、影のそばでゆらりと炎《ほのお》が揺《ゆ》れた。

人魂《ひとだま》か？　と絳攸は冷静に目を細めたが、見極《みきわ》める前に炎が消える。

いっそ薄《うす》ぼんやりとした白い影は、何かをためらうように扉口に立っていた。

どのくらい時間がたったのか——白いモノが不意に動いた。

音もなく、すべるように饅頭の載《の》っている卓子に近づく。袖《そで》の部分が饅頭に伸びるのが見える。そして一拍《いっぱく》――。

「……不味《まず》い……」

通りすがりの幽霊にまで難癖《なんくせ》をつけられ、ついに絳攸の堪忍袋《かんにんぶくろ》の緒《お》がキレた。

「どいつもこいつも――だいたい幽霊の分際で味に文句をつけるなっっ!!」

声に反応した白いモノは、さっと扉口へと移動した。楸瑛がすかさず卓子を乗り越《こ》え、剣《けん》を抜《ぬ》いた。しかし、切っ先は空を切った。

――かわされたのだ。

後《あと》を追って府庫を飛び出した二人だったが、そのときにはもう、白い人影は文字通り、影も形もなかった。

「邵可様、出ました」

翌日、絳攸は真剣《しんけん》な面持《おも》ちで邵可に報告した。隣には剣稽古《けんげいこ》からむりやり引っ張り出されてきた楸瑛もいる。邵可は唐突《とうとつ》な言葉に面食《めんく》らった。

「でた、とは？」

「昨日おっしゃられた幽霊です」

邵可は目を丸くした。

「昨夜、府庫にいらっしゃったんですか」

「ええ。夜半に白いモノがすうっと忍《しの》びこんできたかと思うと、真っ暗だというのに意地汚《いじきたな》くも饅頭の存在に気づき、あげく人の用意した饅頭に不味いとケチをつけやがりました」

邵可は妙《みよう》な顔をした。――まるで、笑いたいのをこらえているような顔だった。

「笑い事ではありませんっ」

絳攸は憤然《ふんぜん》と言った。

「邵可様に害をなしたらどうするんですかっ。こうなったら絶対つかまえてみせますっ！」

「幽霊をつかまえるのですか？」

「もとい、追い払《はら》います」

邵可は困ったように首を傾《かし》げた。

「けれど別に悪さをするわけではありませんし……ただ幽霊というだけで退治してしまうのは、ちょっと可哀想《かわいそう》だと思いますよ」

何やらズレた言葉だったが、絳攸はあっさり納得《なっとく》した。

「確かにそうですね。ではまず悪霊かどうかを確かめてみることにします」

どこまでも真面目な男である。これから作戦を練ります、と真剣に言う絳攸を、邵可は笑ったりはしなかった。頷《うなず》くと、近くの包みをひらいた。

「それでは、これをお二方に」

邵可は照れたように笑った。

「私の娘《むすめ》が持たせてくれたものですが、どうぞ。腹が減っては戦《いくさ》ができぬと申しますし。お口にあうと良いのですが」

中にあったのはいかにも手づくりといった風情《ふぜい》の、大ぶりの饅頭《まんじゅう》だった。

「お、これはちゃんと饅頭らしくふくらんでるね。こういうのを饅頭と言うんだよ絳攸」

「構成成分は同じだ！」

「……私も今まで中身が重要と思っていたが、君の饅頭のあとにこれを見てしまうと、やっぱり外見もある程度重要だと思うようになったよ。食欲をそそる外見も大事というか……まあ女性はその努力の過程がかわいく見えるものだから、べつにふくらまなくても構わないけどね」

「なんの話をしてるこのバカ！」

しかしこの饅頭に関しては、絳攸も楸瑛の言を認めざるを得なかった。食欲をそそる香《こう》ばしい匂《にお》い。……かなりおいしそうだ。

邵可がいくつか取りわけ、差し出す。絳攸はありがたくちょうだいすることにした。

「お茶も淹《い》れて差し上げましょう。午前中は人もあまり来ませんからね」

「あ、お手伝いします」

「いいえ、お席で待っていてください。すぐですから」

そう言われてしまえば、絳攸も引くしかない。二人の青年は言葉に甘えることにし、一礼して大人しく隣室《りんしつ》の卓子《たくし》で待つことにした。

二人が書棚《しよだな》の向こうに消えていくのを確かめてから、邵可はちらりと背後の書棚を見て、軽くため息をついた。

「……主上、せっかく用意してくださったものを、不味いなんて言ってはいけませんよ。そもそも拾い食いはいけませんと、あれほど申しあげたでしょう」

死角となった書棚の向こうで頁を繰《く》っていた人物は、小さく呟《つぶや》いた。

「余は饅頭が好きなのだ。それに、お前がいつもくれる饅頭の方がずっとうまかったのも本当だ。……というかあれ、形もヘンだが味も本当にヘンだった」

そして気づいたように訊《き》く。

「余のぶんの饅頭、まだ残ってるだろうな？」

邵可はもう一度、深く息をついた。

●
❋
●
❋
●

「――とりあえず、あの幽霊《ゆうれい》が饅頭を好むことは確認《かくにん》した」

絳攸は紙に小筆で「饅頭好き」と記した。頬杖《ほおづえ》をついていた楸瑛はやれやれと呟《つぶや》いた。

「——絳攸、私が思うに、あれは幽霊でなく人間じゃないかな」

「なに？」

「彼は私の剣をかわしたんだよ。幽霊がそんなことするかな。死ぬ心配もないし、そもそも幽霊なら、剣も突《つ》き抜けるはずだろ」

楸瑛の指摘《してき》に、絳攸は軽く首を横に振《ふ》った。

「何を言う。生前の条件反射でうっかり、ということだって考えられるだろう。幽霊だって自分の体を斬《き》られていい気はしまい。俺が幽霊でも避《よ》ける」

「…………」

「だが、お前の言うことにも一理ある」

絳攸は難しい顔をした。

「……もし相手が人間だったら、相当の手練《てだ》れと見ていいんだな？」

「ああ。あの身のかわしかたは、実に見事だったね」

楸瑛は二十四の若さで将軍職についており、剣の腕《うで》は精鋭揃《せいえいぞろ》いの近衛《このえ》軍でも五指に入る。性格はともかくその実力は絳攸も認めていた。だから嫌々《いやいや》ながらも幽霊退治のために連れ歩くことを妥協《だきょう》したのだ。

「……じゃあ、そもそも幽霊か否《いな》かの確認が先か」

絳攸は腕を組んだ。

「足…はあったかどうか、見たか？」

「いや……足音はしなかったが、私の剣をかわすくらいの相手なら、足音を消すことくらいは造作もないだろうね」

「男か女かもわからんしな」

「君がせっかちに怒鳴《どな》り出さなければ、もう少し色々わかったかもしれないのに」

これには絳攸も反駁《はんばく》できなかった。彼は人一倍頑固《がんこ》だが、自分の非は潔《いさぎよ》く認める性格だった。

しかしこいつだけには謝りたくないという相手はいる。ゆえに絳攸は無言を通した。

沈黙《ちんもく》を取り繕《つくろ》うために、絳攸は邵可からもらった饅頭をほおばった。そして驚《おどろ》く。

「うまい」

「あ、ほんとだ。邵可様のお嬢《じょう》さんはいい奥さんになるね。これは絶品だ。外見も中身も文句なしに美味《うま》いなんて、まるで私のようじゃないか」

絳攸は最後の余計なひと言を無視した。そしていそいそと残りの饅頭を風呂敷《ふろしき》に包む。

「これは夜までとっておこう。……ふふふ、あの幽霊め。こいつでおびき出してやる。今度は不味いなんて言わせんぞ！」

「人様のつくったものなんだから、絳攸、もう少し謙虚《けんきょ》にね……」

そして、二人はほぼ同時に、邵可が先ほど淹れてくれた茶をすする。

……絳攸はかろうじて無言を保ったが、楸瑛はポツリと呟いた。

「……邵可様、お嬢さんがいなかったら、生きていけないかもしれないね」

淹れたての茶は、気が遠くなるほど苦かった。

「……本当に、まるっきり、昨夜と同じ手じゃないか。同じ手に二度も引っかかるかね」

楸瑛は書棚に隠《かく》れながら、そっと呆《あき》れ声を出した。

「……君さ、史上最年少で国試に首席及第《きゅうだい》した頭の持ち主なんだから、もう少しこう、なんとかならなかったのかい」

「うるさいっ。幽霊は守備範囲《はんい》外なんだっ。それに今回は茶も用意したから同じじゃない！大体貴様だって俺の次で及第したろうがっ。そっちこそ何か考えつかなかったのか！」

「私も幽霊退治は初めてだからなぁ。あ、でも女性の幽霊だったら……」

「お前は女なら幽霊でもいいのか！」

「私好みの女性だったら喜んで。それに絳攸、本当に相手が生身の女性だったら、どうするつもりだい」

その可能性をまったく考慮《こうりょ》していなかった絳攸は、一瞬《いっしゅん》詰まった。そしていかにも嫌《いや》そうにチッと舌打ちする。

「……お前に任せる」

「……君の女性嫌《ぎら》い、本当に全然治ってないみたいだね」

「治す気もないからな！」

楸瑛はため息をついた。

「……絳攸、君、いくら昔、あんなことやこんなことがあったからってね」

「それ以上昔のことをもちだすつもりなら、今すぐ頭かち割って、貴様を昇天《しょうてん》させてやる」

据《す》わりきった目に、楸瑛はもう何度しかけたかわからない説教をあきらめた。

ややあって、絳攸がぼそりと呟いた。

「……ちょうどいい、お前に訊きたかったことがある」

「おや珍《めずら》しい。なんだい？」

「……なぜ、文官から武官へ転じた？」

かつて絳攸が首席で国試に及第したとき、その才を騒《さわ》がれたのは自分だけではなかった。目の前の男――二歳年上の、次席で及第したこの楸瑛という男も、不世出の才子といわれた。

ふざけた男だが、その才は本物だった。いずれ大官となるのは確実だったのに、あろうことか楸瑛は、その後あっさり文官をやめてしまった。そしてわざわざ国武試を受け直して武官になったと聞いたときは、いったい何を考えてるんだと思ったものだ。

「ああ、文官は面倒《めんどう》なことが多くて、性《しょう》に合わなかったんだ」

楸瑛は軽く肩《かた》をすくめてみせた。

「それに、文官には君がいたし」

「は？」

「才ある人材が一つところに固まるなんて勿体《もったい》ないじゃないか。文官は君、武官は私、ちょうど釣《つ》り合いがとれるだろ」

「……おまえ、本っっ当に馬鹿《ばか》だな」

絳攸は心底呆れた。何か説教のひとつも言い返してやろうとしたそのとき、楸瑛の視線がつと動いた。絳攸もはっと気づいて息を詰める。

府庫の扉《とびら》が、昨夜と同じように、微《かす》かな音を立ててひらいた。月の光が府庫に差し込む。その蒼白《あおじろ》い光を背にし、するりと入ってきた白い人影《ひとかげ》。

音もなく室に入りこんだ影《かげ》は、これまた昨夜と同じように卓子に近づこうとした。

けれど今度は饅頭《まんじゅう》を食うまで黙《だま》って見ているつもりはない。あらかじめ打ち合わせていた通り、二人はいっせいに人影に飛びかかった。

——しかし、である。

「なっ、なんじゃあっ⁉」

覚えのある声に、絳攸は仰天《ぎょうてん》した。見れば彼が力まかせに摑《つか》んだ「ふわふわ」は、もしかしなくても鬚《ひげ》のようだ。ひっぱってみると、踏《ふ》みつけられた猫《ねこ》のような悲鳴があがる。そして下《した》敷《じ》きにしているこの衣服の感触《かんしょく》——たしかに覚えがあった。

青年二人は、月の光にさらされたその顔を、慌《あわ》てて見てみた。

「げっ——霄太師⁉」

なんと二人は、朝廷《ちょうてい》百官の長たる重臣中の重臣を尻《しり》に敷く、という偉業《いぎょう》を為《な》し遂《と》げてしまったのだ。しかし呆気《あっけ》にとられる暇《ひま》もなかった。

「賊《ぞく》か、霄っ⁉」

　またしても聞き覚えのある声――そう思うまもなく、絳攸は楸瑛に乱暴につきとばされた。

次の瞬間、今まで絳攸がいた場所を夜なお光る白刃《はくじん》が切り裂《さ》く。一歩退くのが遅《おそ》ければ、間違いなく絳攸の首が飛んでいた。

　恐《おそ》るべき早さで次々と繰り出される剣《けん》を、楸瑛がなんとか受け止める。

「賊じゃありません宋太傅《そうたいふ》！　私です。藍……」

「フハハハハ賊のくせになかなかやりおるわ――面白《おもしろ》いッ！」

「ち、ちが――」

「ぎゃ――っ早まるでない宋っ！」

　なぜか霄太師の叫《さけ》びが混じる。

「……宋」

　第三の声が間近で聞こえた。と同時に、宋太傅が前のめりによろめく。

「茶の！　膝《ひざ》の裏をかっくんするな！」

「よく見ろ。相手は藍将軍だ。それにそっちにいるのは李侍郎じゃないか」

　好々爺《こうこうや》然とした茶太保《たいほ》が、一人冷静に、仕方ないのうとため息をついた。

　――よりにもよってこんな場所で、重鎮《じゆうちん》中の重鎮、朝廷三師のそろいぶみであった。

「なるほど、幽霊退治《ゆうれいたいじ》のぅ」

府庫の灯《あか》りをつけ、落ち着いたところで事の次第《しだい》を話した絳攸に、霄太師は腰《こし》をさすりながら頷《うなず》いた。ついでにじろりと同僚《どうりょう》の宋太傅を見やる。

「宋、お前その早とちりと血の気の多いとこを何とかせい。あやうくわしまで斬《き》られるとこだったではないか……」

「しつこいな、わしがそんなへまをするか！……ったくお前、歳《とし》くってだんだん口ぅるさくなってきたな」

「なんじゃとぉう！　お前こそ無理して若づくりしおって。もうじじいのくせにいつまでもカッコつけて剣もっとると、近いうちぎっくり腰で起きあがれなくなるぞ。そして末はくそボケ老人じゃ。ははん、楽しみじゃのぅ！」

「クソまでつけたなこのくそったれ大ボケじじい！」

「おおそれがどーしたクソクソボケボケも一つおまけにボケじじい！」

際限なく低次元に堕《お》ちてゆく罵《のの》り合いに、茶太保が水をさす。

「……霄、宋、お前たちは当分、国で一、二を争う現役《げんえき》クソじじいとして君臨しつづけるわ。二十年後も間違《まちが》いなく、若者たちに鬱陶《うっとう》しがられておるから安心せい」

びしっと入ったつっこみに、元気すぎる老臣たちは押し黙った。顔を見合わせ、ふんと両者そっぽを向く。かと思えば、啞然《あぜん》としている二人の若者にようやく気づいたらしい宋太傅が、またぷりぷり怒《おこ》りはじめた。

「お前たちもお前たちだ。幽霊退治だと？　まったくいい若いモンが夜の夜中に他《ほか》にすることはないのかっ！　朝廷も暇になったものだな！」

「宋、口が過ぎる」

茶太保のたしなめに、宋太傅は鼻を鳴らした。かつて国一番の武将として先王に仕え、数々の功績をたてた彼はいまだに血気盛《さか》んだ。いつも柔和《にゅうわ》な茶太保と違い、宋太傅の勘気《かんき》をおそれる者も少なくないのだが、

「いえ、おっしゃるとおりです」

朝廷三師を前にしてもまったく臆《おく》さないところが絳攸である。

「仕事があればやります。しかし今は幽霊退治くらいしかやることがないのです。……主上付きになってから」

最後のトゲのある一言に、三人の重臣はしーんと押し黙った。

楸瑛が――幽霊用に用意してあった――茶を淹《い》れなおしてそれぞれに配る。

霄太師は無言で茶をすすった。

「――霄太師」

「ゲヘゴホン」

絳攸の引き抜《ぬ》きを黎深に要請《ようせい》したのは誰《だれ》あろう、先王のもとで長年宰相《さいしょう》をつとめあげ、誰もがこの国一番の重臣と認める霄太師――目の前のこの人である。

絳攸は恨《うら》めしげに彼を見た。

「霄太師。仕事ください。でなければもとの部署に戻《もど》してください」

「うっ、持病のシャクがぁっ」

「霄太師っ」

「おお、そうそう、そなたらが見たという幽霊はどんな感じじゃった？」

絳攸のこめかみに青筋が浮《う》かび上がる。しかし相手は朝廷三師。怒鳴《どな》るわけにもいかない。

こういうときこそ「鉄壁《てっぺき》の理性」だ。自称《じしょう》「鉄壁の理性」を今こそ発揮せんでどうするっ！

……と自己暗示のごとく言い聞かせ、絳攸はヤケ酒のように茶をあおった。

仕方なく絳攸に代わって楸瑛が「幽霊」の話をし、聞き終わった老臣たちは珍妙《ちんみょう》な顔をした。

「夜中の府庫に忍《しの》びこんで」

「饅頭をつまんで『不味《まず》い』と言い」

「仮にも将軍職にある貴様の剣をかわして消えた、と」

「ええ」

再び沈黙《ちんもく》が流れた。いまだ冷めやらぬ怒りをおさめようと、茶をがぶ飲みする絳攸を横目で見ながら、楸瑛は訊《たず》ねた。

「お心当たりでも？」

「いやいや」

「別に」

「ないぞよ」

とぼけた返事だったが、楸瑛とてこの海千山千の三人に口で勝てるとは思っていない。早々に追及《ついきゅう》はあきらめた。

「ところで、なぜお三方はこのような夜更《よふ》けに、そろって府庫へおいでになったんです？」

三人の老臣は目を見交《みか》わした。霄太師が白い顎鬚《あごひげ》をのんびりとなでた。

「いや、のう。そろそろ絳攸殿《どの》にも仕事をしてもらわんといかんからのう」

絳攸は茶碗《ちゃわん》に伸《の》ばした手をピタリと止めた。霄太師がにやりと笑う。

「――主上を、後宮から引きずり出す悪だくみをしようと思っての。これから他の臣らもくる予定なのじゃ。だから『幽霊殿』も今夜は来まい。――すまぬが席を外してくれぬか？」

実務にたずさわらないはずの朝廷三師がついに動く――その意味は大きい。

しかし半月仕事なし居場所なしの絳攸はすっかりぐれていた。半眼になってそっぽを向く。

「たいして期待しないでおきます」

とにもかくにも、幽霊退治は次に持ち越《こ》しになったのだった。

＊

絳攸が「幽霊」を目撃《もくげき》してから五日がたったが、あれから白い人影は現れなくなった。

別に無理して退治する意味はないのだが、ここまでくると絳攸はもはや意地になっていた。

絶対引きずり出して謝らせてやる！　と意味不明なことを決心していた。

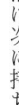

一方で、すっかり目の下に隈《くま》が定着してしまった絳攸を、邵可は心配していた。

「絳攸殿、いくらお若いとはいえ、徹夜《てつや》つづきでは体を壊《こわ》します。別段今まで害はなかったのですから、私のことは気になさらず、幽霊のことはもう忘れてください。これから天気も荒《あ》れそうですし、今宵《こよい》くらいはお邸《やしき》にお帰りになって、よくお休みに」

「いいえ！」

絳攸はキッと顔を上げた。

「一度決めたことを放《ほう》り出すわけにはいきません。それに徹夜など、以前はしょっちゅうでしたから、このくらいなんてことありません！」

しかしやつれた顔がその言葉を見事に裏切っていた。このぶんでは幽霊と会えても同族と間違えられてしまうのではなかろうか。

絳攸に幽霊の話を振《ふ》ったのは、当の邵可である。絳攸が心配してくれているのも、邵可のことなのである。仕組んだわけではないが、さすがの邵可も責任を感じていた。また、それ以上に絳攸の体が心配だった。

——いくらなんでも、五日も徹夜して体を壊さないわけはない。楸瑛は体力があるせいか、それほど見た目に変化はないのだが、文官の絳攸は明らかにヤバかった。

「——絳攸殿」

邵可は珍《めずら》しくも真剣《しんけん》な面持《おもも》ちになった。

「よろしいですか？——今日だけです。今日会えなかったら、幽霊殿のことはすっぱりとあきらめてください」

「ですが」

「……絳攸殿？」

「は、はい」

絳攸は反射的に頷いていた。邵可に真顔で諭《さと》されてしまうと、不思議と我《が》は通しにくい。

「ありがとうございます、絳攸殿」

邵可はほっと頬《ほお》をゆるめた。そして小さな包みを手渡《てわた》す。

「これが、今日のぶんのお饅頭《まんじゅう》です。最後ですからね？」

「……わかりました」

絳攸はちょっと笑った。

「残念ですね、このお饅頭がもう食べられないのは」

「何をおっしゃる。絳攸殿がお暇《ひま》なときはいつでもいらしてください。また一緒《いっしょ》にお茶をしましょう。娘《むすめ》には多めにお饅頭をつくってもらいます」

「はい」

絳攸は珍しくも年相応の、青年らしい笑顔《えがお》を浮かべたのだった。


「……やれやれ、邵可様に感謝だな」

その夜、もはや日課になってしまった府庫潜入後《せんにゅうご》、仏頂面《ぶっちょうづら》の絳攸から、今日が最後と告げられた楸瑛はため息をついた。

「頑固《がんこ》な君をこんなに易々《やすやす》と説得できるのは、吏部尚書殿《りぶしょうしょどの》と、邵可様くらいだね」

「うるさいっ、だいたいなんで同じだけ徹夜をしてるのに、貴様は平気な顔なんだっ」

「いや、結構キツいよ？　けどまあほら、私はきたえてるから体力あるし」

「理不尽《りふじん》だ」

絳攸はそれこそ理不尽な文句を言った。

外ではごうごうと風がうなりをあげている。楸瑛は眉《まゆ》をひそめた。

「……今夜は、本当に荒れそうだな」

「ああ」

そうこうしているうちに雨音がしはじめ――あっというまに雨粒《あまつぶ》が矢のように扉《とびら》を叩《たた》きはじめた。やがて凄《すさ》まじい風雨で、ガタガタと府庫ごと吹《ふ》き飛ばされそうな音が響《ひび》く。

そして季節はずれの落雷《らくらい》の轟《とどろ》きと、稲妻のまばゆい閃光《せんこう》。

「春雷――か」

「真昼みたいだね」

二人は呑気《のんき》に茶をすすりながら隙間《すきま》から漏《も》れてくる稲光に目を細めた。

「……幽霊《ゆうれい》も外に出たくなくなりそうな天気だな」

「ついてないねぇ」

「……まあ、仕方ないさ」

「おや、聞き分けがいいね」

「お前も、結局五日も無駄《むだ》に徹夜させて……悪かったな」

思いもかけぬ言葉に、楸瑛は目を丸くした。次いでふと微笑《びしょう》する。

「――いや、なかなか楽しかったよ。君に頼《たよ》られることは滅多《めった》にないからね。どうせ暇だったし、毎日おいしい饅頭を食べられた。美女と過ごす夜に、優《まさ》るとも劣《おと》らなかったかな」

「…………」

「私じゃなきゃだめだったんだろ？」

にやりと楸瑛は笑った。

「君の方向音痴《おんち》を知ってるのは、まあ私と紅吏部尚書ぐらいだからね」

「うううるさいっ。人がせっかく」

「珍しく素直《すなお》になっているのに？」

――そのとき。

ひときわ大きな閃光が府庫を照らしたかと思うと、凄まじい落雷音がびりびりと絳攸たちの耳を打った。破裂《はれつ》音とともに、扉が次々と弾《はじ》け飛ぶようにひらいていく。風と雨粒が叩きつけるように室内へ吹きこみ、とっさに二人が目を閉じた瞬間《しゅんかん》。

「おお、驚《おどろ》いた」

――あきらかに女と思われる声が、まったく突然《とつぜん》に府庫に響いた。

絳攸と楸瑛はぎょっとした。顔を見合わせ、そろって書棚《しよだな》から鼻先だけを出す。

すると――いつそこへ現れたものか、長い髪《かみ》をなびかせた美しい女が、開け放たれた府庫の扉の前に立っているのが見えた。

女もすぐに書棚の後ろにいた二人に気づいた。まじまじと見つめ――一言。

「――なんじゃ、逢《あ》い引きか」

途端《とたん》、絳攸の全身に鳥肌《とりはだ》が立った。

「違《ちが》うっ」

「恥《は》ずかしがらなくてもいいじゃないか、絳攸。こんな雷雨の夜にまで、逢瀬《おうせ》を重ねる仲だろう？　でもそんなところも魅力《みりよく》的でかわいいよ、愛《いと》しい人」

すくい取られた指先に慣れた仕種《しぐさ》で口づけられ、絳攸はいよいよ産毛《うぶげ》まで総毛立った。

「ばっ――貴様――！」

「なーんて。まあ彼が女性だったら私もこんな風に口説き落としたと思うんですが。きっと私好みの難攻《なんこう》不落な美女だったでしょうからね。――あなたのように」

この異常事態にもまったく動じぬ楸瑛の舌の回りに唖然《あぜん》としつつ、絳攸は視線を女の方へと戻《もど》した。

とりあえず悪友の言葉はお世辞ではなかった。二十代後半と思われる目の前の女性は、文句なしに美しかったのだ。しっとりした美貌《びぼう》はあくまで清らかに、形よい唇《くちびる》は艶《つや》やかに紅《あか》く、長い睫毛《まつげ》が烟《けむ》るよう。けれどその奥にいきいきと輝《かがや》く瞳《ひとみ》は意志の強さを示して、彼女の魅力をた

だの造形美で終わらせてはいなかった。

女官ではないだろう。少なくとも、このような美女を楸瑛が知らないはずがない。

しかし他ならぬ楸瑛はまるで気にしなかったらしい。にこやかに微笑しながら一人で勝手に書棚の陰から出ていく。

絳攸も仕方なく立ち上がった。手燭に火を点《つ》け、あちこちに備えつけてある燭台に火を灯《とも》していく。時折室内を照らし出す稲光のほうがよほど明るかったが、ないよりはましだ。

全身びしょぬれの彼女に、楸瑛は自分の上衣を脱《ぬ》いで差し出した。絳攸も溜息をついて同じく上衣を差し出す。女の柔肌《やわはだ》に夜半の冷雨は厳しい。とても一枚では足りないと思ったのだ。

「おお、すまないのう」

女は遠慮《えんりょ》なく二人の上衣を受けとった。しかし羽織ることはせず、彼女は手にした衣でその豊かな髪をぬぐい始めた。漆黒《しっこく》の長い髪はいっそうつやつやと、まさしく烏《からす》の濡《ぬ》れ羽《ば》色のごとく見事に輝いている。

「若いのに、立派な心根じゃ」

女はうんうんと頷《うなず》いた。その言い様に、絳攸は妙《みょう》な心もちになる。……どう見てもこの女、自分たちとさほど変わらぬ歳《とし》のように見えるのだが。

考えれば考えるほど不審《ふしん》な女だった。こんな真夜中に、しかも雷雨の夜に、府庫に何の用があるというのか。身なりからしてあきらかに後宮の女官ではない。そもそも彼女はいつ、この府庫に入ってきた……？

絳攸は手を伸《の》ばした。女の髪をちょっとひっぱってみる。――感触《かんしょく》あり。

ほとんど探求心のみの無心の境地でぺたぺたと女の腕《うで》やら肩《かた》やらをつついたりさわったりしてみる。だがさすがにその指が女のきめ細かい頰にまで伸びると、ふれる前に楸瑛に手首を摑《つか》まれてしまった。

「……絳攸、いくらなんでも初対面の女性に失礼だろう。君が珍しく女性に興味をもったのは友人として非常に喜ばしく思うが、いきなり無遠慮《ぶえんりょ》にあちこちさわるのは非常によくない。積極的なのはいいが、ちょっと方向が間違っている。初めてのときは、とりあえず紳士《しんし》的に」

「違うわバカたれッ!!　俺はこの女が幽霊かどうか確かめてたんだっ！」

「幽霊じゃと？」

女が目をぱちくりさせて聞き返した。

絳攸はうっと言葉に詰《つ》まった。馬鹿《ばか》正直に幽霊退治のことを口にするのは、本当に馬鹿のような気がしたのだ。しかし楸瑛はまるで頓着《とんちゃく》せず、女性専用笑顔でぺらぺらと事の次第《しだい》を話してしまう。

だが、女は笑わなかった。黙《だま》って髪の滴《しずく》をぬぐい、全身を適当にふくと、すとんと卓子《たくし》に座る。そしてなるほど、と頷いて、絳攸に不思議な微笑を向けた。

「……礼を言うぞ」

「は？」

「この饅頭《まんじゅう》、食べても良いか？」

何て脈絡《みゃくらく》のない女だ、と絳攸は呆《あき》れた。

その横で、楸瑛が勝手に勧《すす》めている。

「どうぞ。とってもおいしいですよ。ああ、今、お茶も淹《い》れて参りましょう」

「かたじけないのう」

女性相手となるといきなりマメさを発揮する楸瑛が、湯を足すために府庫の扉を押して外へ出て行く。その姿を追うとはなしに目で追っていた絳攸の傍《かたわ》らで、女が饅頭に手を伸ばした。

女は掌《てのひら》に載《の》せた饅頭を、まるで大切な宝物を扱《あつか》うみたいに一撫《な》でして、林檎《りんご》のような赤い唇でそっと皮の端《はし》をかじった。目を閉じ、ゆっくりと噛《か》みふくむ。そして白い喉《のど》がこくりと饅頭のかけらを嚥下《えんか》すると、女は本当に嬉《うれ》しげに——幸せに満ちた微笑を浮《う》かべた。

「ああ——」

「？　どうした？」

「同じじゃ……」

泣き笑いのような顔で女がつぶやく。だが絳攸にはさっぱり意味がわからない。

「……そういえば、なんであんたはこんな嵐《あらし》の夜に、外にいたんだ？」

「うむ」

女は饅頭を食べながら眉根《まゆね》を寄せた。

「これは予想外の事態だったのじゃ。妾《わらわ》も出てくるつもりはなかった」

「は？」

「……この雷雨のせいじゃな、きっと」

女は目を細め、どこか懐《なつ》かしそうに府庫を見渡《みわた》した。

「……覚えず、ここへきてしまった。そして思いがけぬものを食すことができた」

「饅頭が、珍《めずら》しいのか？」

女は笑って答えなかった。ややあって、そっと大きな瞳を伏《ふ》せる。

「……のう、絳攸殿《どの》」

「なんだ」

「府庫の主は、元気であろうか？」

絳攸は目をまたたいた。……邵可様のお知り合いだったのか？

そこで少しだけ口調を変えた。

「邵可様なら、大変お元気です。相変わらず本ばかり読んで」

「あの本の虫め。少しは外に出ろと言うたのに」

言葉の強さとは裏腹に、女は嬉しそうに目を細めた。

「……では、娘御《むすめご》と、家人の静蘭《せいらん》という者の様子は知っておるか？」

絳攸はますます驚いた。……家族ぐるみのつきあいでもしていたのだろうか？

「いや…そこまでは。ただ」

傍目《はため》にも明らかに落胆《らくたん》の表情を浮かべる女が哀《あわ》れに思えて、絳攸は自分が知っていることを反芻《はんすう》しながらつづけた。

「ただ……邵可様は、日に一回は娘自慢《じまん》をすると、もっぱらの噂《うわさ》です」

女の美しい顔がパッと輝いた。そうかそうか、と嬉しそうに何度も頷く。そうしてまっすぐに絳攸を見た。

「……良き青年に育ったな、黎深殿の養い子よ」

「――え？」

「ときに、もう王権交代は成ったか？」

さらりと、どこかつかみどころのないまま話題が変わる。

「そんなの半年前にとっくに――」

「そうか」

女の紅唇《こうしん》から紡《つむ》がれた言葉は、なぜか頭の中で霧《きり》のように消えていき、女の問いに答え終えたときには、絳攸は何を訊《き》かれたのかまですっかり忘れていた。

「王位についたのは誰《だれ》じゃ？」

「なに――言ってる。第六公子の劉輝《りゅうき》――陛下だろうが。政事もしないで、後宮にこもりっきりの、あの…クソバカ王――」

女の目がきらりと光る。

「――ほう？　して霄のやつは、まだ朝廷《ちょうてい》にいやるか？」

「霄太師なら、あの王を政事に引きずり出すための画策を――」

考えるより先に言葉がでる感じだった。言葉だけが一人歩きして、口の端《はし》からこぼれおちていく。そしてこぼれた途端《とたん》、絳攸の意識から消えてしまうのだ。

必要なことを聞き終えると、女は眉間《みけん》にしわを寄せた。

「そうか……霄、お前はまだ——朝廷に留《とど》まっておるのじゃな」

ひとりごちて、立ち上がる。

絳攸はさっきまで濡れそぼっていた女の髪《かみ》が、そして衣服までもが、今はもうすっかり乾《かわ》いていることに気がついた。

こんな短時間で——ありえない。

「霄に伝言を頼《たの》めるか」

絳攸が返事をするまえに、女は「伝言」をつづけた。やや厳しい面《おも》もちで。

「——余計なことをするな、と」

「余計……?」

「そうだ。ふざけたことをしようもんなら、おぬしのことは承知せんとな。特に——あやつらを巻きこもうなら、あとでひどいぞと」

「?????」

「言えばわかる。頼んだぞ」

女は、月光にさらされた薔薇《ばら》のように微笑《びしょう》した。

「そなたと楸瑛殿のおかげで、思いがけず良き時間を過ごすことができた。ほんに礼を言う」

言って、おそろしく軽い身のこなしで衣《ころも》をひるがえす。

ここへきてようやく絳攸は、自分も楸瑛も名を告げていないことに気づいた。

なぜ、この女は自分たちの名を知っている――？

そのとき楸瑛が湯を携《たずさ》えて戻《もど》ってきた。ちょうど出て行こうとする女を見て、彼は目を丸くした。

「外はまだ雷雨《らいう》ですよ。今出て行くのは危ない」

「いや――雷《かみなり》は、もう鳴らぬ」

女は不思議な笑《え》みを浮かべた。

「雨もすぐにやむであろ。――妾も名残《なごり》惜《お》しいが、時間切れなのじゃ」

カッと、落雷の閃光《せんこう》が目を焼いた。一瞬《いっしゅん》のちの轟音《ごうおん》。

反射的に二人は目を閉じ――次に瞼《まぶた》をあげたとき、女の姿はもうどこにもなかった。


翌日、紅邵可は、さぞ絳攸が落胆しているだろうと心配しながら出仕した。

実は昨夜、知人に幽霊《ゆうれい》役を頼んでおいたのだが、あまりに激しい春雷に、結局行けなかったと朝方になって連絡《れんらく》があった。――無理もない。本当に昨夜の雷は凄《すさ》まじかった。

府庫の扉《とびら》を開けた邵可は、呆《ほう》けたように座り込んでいる二人の青年を見つけて驚《おどろ》いた。

「ど、どうしました絳攸殿、楸瑛殿」

絳攸はのろのろ顔を上げ、楸瑛はゆっくりとまばたいた。

「……幽霊は、女性でした」

「しかも邵可様のお知り合い……のような」

「は？」

直後、青年二人の体がぐらりと傾《かし》いだ。仰天《ぎょうてん》して駆《か》け寄った邵可は、すぐに聞こえてきた寝《ね》息《いき》に胸をなで下ろす。

邵可は笑った。――寝顔は存外かわいらしい。起きているときの個性が激しいから、なおさらなのだろう。

彼らの寝顔をいっぺんに拝めた者など、自分くらいではないだろうか。

苦笑しつつ、二人を順に府庫の仮眠室《かみんしつ》に運んでやりながら、ふと首を傾げる。

(しかし、女性の幽霊とは……？)

幽霊役を頼んだ知人は男だし、その彼は、府庫には辿《たど》り着けなかったはずだ。

……揃《そろ》って夢でも見たのだろうか？


二人の青年を寝かしつけたあと、邵可はいつものようにふらりとやってきた人物に、一応訊いてみることにした。

「……主上、昨夜府庫にいらっしゃいましたか？」

奇異《きい》な問いに、彩雲国《さいうんこく》国王・紫《し》劉輝は眉《まゆ》を上げた。

「あんな激しい雷雨の夜に、来るわけがないだろう」

「そう…ですよね」

一番奥の書棚《しょだな》の横、いつもの定位置に陣取《じんど》ると、劉輝は気に入りの本の頁を繰《く》りはじめた。しかしどこか不機嫌《ふきげん》だ。

「どうか、なさいましたか?」

「……霄太師から、後宮に女を入れると言われた」

ぽつりと呟《つぶや》かれた言葉に、邵可は目を丸くした。——ついに朝廷三師、いや、霄太師が動くのか。

「初の、後宮入りですね。霄太師がお選びになる女人なら、間違《まちが》いはありませんよ。大切になさってくださいね」

「霄太師がなんと言おうと、余は、政事はしない」

「主上」

「そなたとの約束は守っている。だが、これが余の譲《ゆず》れるギリギリの線なのだ」

「……はい」

劉輝は卓子《たくし》の上の饅頭《まんじゅう》に気づいた。絳攸が幽霊捕縛《ほばく》用にと用意したものの残りである。かまわずほてほてと歩み寄ると、彼はそれをひょいと一つほおばった。

「……こんな饅頭をつくる女なら、後宮にきてもいいんだがな」

残りを皿ごと持っていって、書棚の横へと戻る。

邵可はちょっと笑って、「お茶を淹《い》れますね」と告げた。

劉輝は邵可が好きだったので、このあとに待ち受ける苦いお茶の苦行を知っていても、何も言わなかった。


——のちに、呟きは現実となる。

政事と女人に目を向けさせようと、霄太師らが画策したのは、王の教育係を兼《か》ねた女人を、後宮に入れること。……そして白羽の矢がたてられるのは、まだ十六歳の少女だった。

彼女の名は紅秀麗《しゅうれい》。府庫の主、紅邵可の一人娘《ひとりむすめ》であり、まさしく王が好きな「邵可の饅頭」のつくり手であった。

しかしこのときはまだ、初の後宮入りを果たす娘が誰であるのか、王自身も、また娘の父親である邵可も、知る由《よし》もなかったのである。

終

幽霊遭遇《そうぐう》の日から数日後――李絳攸は紅黎深に呼び出された。

「――絳攸、お前はここ数日、府庫で張り込みをしていたそうだな」

「……ええ、まあ」

「で、饅頭づくりの腕《うで》はあがったのか」

なぜ聞くのがそれ、と思いつつ、絳攸は無言で手にした包みを掲《かか》げた。不敵な笑みを浮《う》かべると、自信満々な手つきではらりと包みをほどく。

中身の意外なまともさに、さすがの黎深も驚いた。

「……ずいぶん上達したじゃないか」

「ええ、と言いたいところですが、これは私がつくったものじゃありません」

「なんだ。やっぱりな」

ふふんと鼻で笑われる。だがそんなことは気にもとめず、絳攸は勿体《もったい》ぶってこう告げた。

「これは邵可様のお嬢《じょう》さん――つまりかの秀麗姫の手づくり饅頭です」

黎深の目がくわっと見ひらかれた。

「な――なんだと!?」

絳攸は謙虚《けんきょ》さを装いつつも、ここぞとばかりに自慢した。

「ここ数日ヒマでヒマで。あなたの敬愛する兄君である邵可様と、府庫でお茶ばっかりしていました。どうです、羨《うらや》ましいでしょう。この饅頭も非常に美味で」

「――この私がいつもつれなくされて、日々悶々《もんもん》と過ごしているというのに、お前は兄上と……しゅ、秀麗の手づくり饅頭まで…っ」

「こんな兄がいると皆《みな》に知られてはあなたに迷惑《めいわく》がかかるからって、いっつも他人行儀《ぎょうぎ》にされて――黎深様、ほんっと可哀想《かわいそう》ですねぇえ」

「許さん絳攸!! その饅頭をよこせ！ 私だって一度も食べたことないんだ!!」

吏部《りぶ》の『氷の長官』と畏《おそ》れられる紅黎深の弱点が、実兄の邵可およびその家族であるなどと、誰《だれ》が想像できるだろう。

この性格最悪の上司兼《けん》養い親の心をつかみ、さらには手玉にとれる人――とりあえず、その一点のみで絳攸は、この世の誰よりも邵可を尊敬するに足ると思うのであった。


――さて。

李絳攸が、腐《くさ》れ縁《えん》の藍楸瑛と共に〝花〟を受け、真の主上付きとなるのは、まだしばらく後のこととなる。

会試直前大騒動！

道ばたの水溜《みずた》まりが芯《しん》まで固く凍《こお》りつき、こごえるような風に首をすくめる。足を踏《ふ》みだすたびに、ぱきりと霜《しも》が音をたてた。誰もが暖かい火のそばを離《はな》れたがらないこの季節――彩雲国の王都だけは、一種独特の熱気に包まれる。

全国各地から、緊張《きんちょう》や不安、期待と自信、そしてわずかな興奮を秘《ひ》め、多くの者たちが王都貴陽《きよう》に足を踏み入れる。出自も身分も年齢《ねんれい》も多種多様な、けれどただ一つ同じ目標を胸に。絶望と希望。歓喜《かんき》と落胆《らくたん》。光明と奈落《ならく》。去る者と残る者。一年でもっとも多くの感情が交錯《こうさく》し、これからの運命さえ左右する――それは国試最終試験の時節。

そして今年もまた、様々な人間が王都へ足を踏み入れる――。

「……は、つ、着きましたぁ」

林檎《りんご》のように頰《ほお》を上気させ、少年は貴陽の城門を前に大きく白い息を吐《は》き出した。

その半端《はんぱ》でない大きさに目を丸くしながらも、袷《あわせ》から取り出したのは、やや薄汚《うすよご》れた木簡。

それを見つめると、少年は顔を上げた。おっとりした表情が、きゅっと引き締《し》まる。

「――ここで、最後」

そして彼は、城門に向かって歩き出した。

序

しんしんと雪が降りはじめていた。

夜の帷《とばり》もすっかりおりたころ——しかし冬の冷気など無縁《むえん》とばかりに、夜の街は煌々《こうこう》とした灯《あか》りと活気に満ちあふれる。

「ふざけんなよ小僧《こぞう》！」

喧嘩《けんか》いざこざはいつものこと。大路の一角で怒鳴《どな》り声が響《ひび》いても、毎度のことと大抵《たいてい》の人は気にもとめずに足早に通りすぎる。——けれどそのなかの一つは、いつもと違《ちが》った。

「——なんだ？　飲み比べで負けたほうが、両方の飲み代全額負担、ついでに金十両払《はら》うんだろう」

屈強《くっきょう》な男たちに囲まれているのは、まだ子供と呼べる小柄《こがら》な少年だった。男たちがそろってかなりの巨体《きょたい》なので、その差が際《きわ》だって見える。

「ふ、ふ、ふざけんな！　なんでてめぇみてぇなチビが〝底なし〟斉珍《せいちん》を潰《つぶ》れさせられるってんだ。おめぇ、なんか細工しやがったな⁉」

対する少年は華奢《きゃしゃ》な体軀《たいく》に似合わず、ずいぶんと肝《きも》が据《す》わっているようだった。いかにも柄の悪い破落戸《ごろつき》に囲まれてすごまれても、まったく動揺《どうよう》する気配がない。

「……飲み比べを強要したのは貴様らだろうが。なんの細工ができる？　タダ酒おごってくれたのは結構だが、できればもう少し上等な酒にしてほしかったぜ」

小馬鹿《こばか》にしたような少年の言い種《ぐさ》に、男たちの堪忍袋《かんにんぶくろ》の緒《お》は呆気《あっけ》なく切れた。

「コワッパがぁ！　ただじゃおかねえ」

「身ぐるみ剝《は》いで売り飛ばしてやるぁ！」

一斉《いっせい》に飛びかかった男たちに、周りから悲鳴が上がった。いくら喧嘩は日常茶飯事《さはんじ》とはいっても、今回は歳《とし》若い素人《しろうと》少年を相手にしての理不尽《りふじん》な袋だたきである。

「また青巾党《せいきんとう》のやつらだ」

「おい誰か組連のやつ呼んでこい！」

「いや、姮娥楼《こうがろう》に楸瑛さんがいたはずだ！　あの人のが早い！　早くしねぇとあの小僧ッ子、大変な目に遭《あ》うぞッ」

緊迫《きんぱく》した空気のなか、ついにいくつもの鈍《にぶ》い殴打《おうだ》の音が響いた。周囲は少年の血まみれの姿を想像し、ひっと息を吞《の》む。

しかし次の瞬間《しゅんかん》、誰もが目を疑った。なんと通りまで殴《なぐ》り飛ばされたのは少年ではなく、破落戸のほうだったのだ。あっというまに男たち全員を叩《たた》きのめすと、あとには無傷の少年が涼《すず》しげな顔で一人立つばかりだ。

「……ったく、鬱憤《うっぷん》晴らしの相手にもならねーのか……」

少年はやや乱暴な仕種で、舞《ま》い降りてくる雪ごと長い前髪《まえがみ》をかきあげた。つられるように僅《わず》かに眼差《まなざ》しを上にすべらせ、舌打ちする。

「……くそったれ、呑まなきゃやってられるかこんなこと」

そして無様に伸《の》びた破落戸に近寄ると、おもむろに懐《ふところ》をさぐりはじめた。

身体《からだ》を傾《かたむ》けた拍子《ひょうし》に、少年の懐から小さな巾着《きんちゃく》がこぼれおちた。彼はまるで他人のもののように路面に転がった巾着を見つめたが、やがて憮然《ぶぜん》として鼻を鳴らすと拾い上げ、かなりいい加減な手つきで懐におさめなおす。

「……全員あわせてぎりぎり金十両か。ま、いい。少しは足しになるだろう」

男たち全員の懐をさぐり終えると、少年は呆然《ぼうぜん》としている観衆にはまるで頓着《とんちゃく》せずに、すたすたと歩き出した。

「ま、まままま待ってください！　うちのお勘定《かんじょう》は……!?」

飲み比べの現場となった酒楼《しゅろう》の親爺《おやじ》が、商魂《しょうこん》たくましく少年に追いすがった。けれど少年は冷ややかに一瞥《いちべつ》をくれただけだった。

「こいつらからふんだくれ。オレが飲み比べに勝ったら、こいつらが飲み代全額もつことになってたんだ。オレに請求《せいきゅう》するのはお門《かど》違いだろ」

「で、でもその金十両――」

「こいつはオレの取り分だ。あとはそいつらひんむいて売っ払うなりすりゃいい」

親爺の情けない悲鳴も、もはや少年の関心を向けることはできなかった。

たった今目撃《もくげき》したものに誰もが興奮冷めやらぬなか、闇《やみ》に消えていく少年の後ろ姿を眺《なが》めやって、青年は小さく口笛を吹《ふ》いた。

「やるね」

そして少年が落とした布袋からのぞいていた、あの木簡を思い出す。

（……まさか、彼がねぇ）

・❋・❋・

パチパチと算盤《そろばん》が響く。

「なあ秀麗」

パチパチ、パチン。

「なんだよ。無視すんなよ。今日はお前に話したいことがあってきたんだぜ」

顔も上げずに秀麗は算盤を弾《はじ》き続ける。

「なあ、お前またどっかに行くんだろ？　あちこちで暇乞《いとまご》いしたって噂《うわさ》だしさ。今度はいつ帰ってくんだ？　まさか去年の春みてーに幾《いく》月もってわけじゃないだろな」

なれなれしい男の声に、しかし弾き手は顔も上げず一心不乱に算盤を弾《はじ》いていた。

「いい加減、お前も年頃《としごろ》だろ。ふらふらしてねーで一ッ処《ところ》に落ち着いたらどうよ。いつまでも静蘭にくっついてもいらんねぇだろ。かくいう俺もこのごろじゃ見合いしろって周りがうるさくてさ。……まあ俺は親の決めた縁談《えんだん》なんて」

「祝福は惜《お》しみなくしてあげるけど、祝儀《しゅうぎ》はあげないわよ」

秀麗のザックリとした返事に、男の声がムッと荒《あら》くなる。

「何言ってる。お前に祝儀なんて期待してねーよ。いいか、俺もお前も正月で十七になったんだぜ。まぁ俺は男だからいいけどよ、お前、そろそろ嫁《い》き遅《おく》れじゃん。持参金なしで貰《もら》ってくれる奇特《きとく》なヤツ、捜《さが》すの苦労すんぞ？……まあ俺んちは金持ちだから、別に持参金なんて」

「——三太《さんた》」

ついに秀麗の手が止まる。深いため息をついて顔を上げた。

眼前に立つ彼女の幼なじみは、ごく公平な目で見れば並の上の部類なのだが、静蘭あたりを見慣れてしまっている秀麗には、残念ながらあまり感銘《かんめい》を与《あた》えない。

「私がどんなに嫁き遅れようが貰われそこねようが、あんたにゃ関係ないでしょうが。…ったく毎回毎回私の仕事を邪魔《じゃま》しにきて……とにかく今日は、あんたの相手してる暇《ひま》ないの。帳簿《ちょうぼ》づけやって雪かきしなきゃならないんだから。三太、とっとと家に帰んなさい」

「三太って呼ぶな！　慶張《けいちょう》って呼べ！」

いまだに自分のことを幼名で呼ぶ秀麗に、男——王《おう》慶張は、もう何度したかわからない抗議《こうぎ》を繰《く》り返した。

軽くあしらいかけた秀麗は、ふと幼なじみの恰好《かっこう》に目をとめた。

「……なに、今日はやけにおめかしね」

「ふふん。やっと気づいたか」

どうだ、とばかりに気取って前髪を掻《か》き上げた慶張を一瞥し、秀麗は金額をはじきだす。

「──上衣・銀三十両、下衣・銀十両、腰《こし》ひも・金一両、青絹布《せいけんぷ》・銀一両、沓《くつ》・皮が銀三両で刺繍《ししゆう》代が銀五両、髪紐《かみひも》・銀一両──計、金一両とんで銀五十両」

「…………ご名答」

確かに恰好を見てはもらいたかったのだが、欲しい言葉のほうはもらえていない。

「誰《だれ》とお見合いだかしらないけど、王旦那《だんな》が選んだ女の子なら間違《まちが》いないわ。お幸せにね」

あっさり算盤仕事を再開した秀麗の姿に、慶張の頰《ほお》がひきつる。

いいとこの坊《ぼん》、かつ好男子を自認《じにん》している自分に、幼なじみとはいえ秀麗は、いまだにちらともなびこうとしない。まったくもって腹立たしい。

「だから違──」

「おや、王旦那のとこのボーヤ」

ぞくりとするほど艶冶《えんや》な声が落ちてきた。追って姿を現した二十半ばの絶世の美女を見て、慶張は鉄の棒でも呑みこんだみたいに固まった。

「あ──胡蝶妓《こちようねえ》さん」

「秀麗ちゃん、今日もご苦労様だねぇ。なんだい、そこのボーヤ、またちょっかいかけにきてるのかい。懲《こ》りないねぇ」

紅を差してもいないのに濡《ぬ》れたような紅唇《こうしん》が、艶《つや》やかに笑《え》みを形づくる。

「ボーヤ、夜でイイならあたしが相手したげるよ。特別に時間を空けておいてあげる」

くれる流し目は、おそろしく蠱惑《こわく》的だ。本来なら慶張ごときに抗《あらが》えるわけもないのだが、そばに秀麗がいたことと、何よりその美女の名が頭の隅《すみ》に引っかかったことが幸いした。

胡蝶。——曲がりなりにも商家の息子《むすこ》である慶張は、瞬時《しゅんじ》に答えを弾きだした。

(一晩予約を入れたが最後、一家首つり)

それがこの老舗《しにせ》妓楼《ぎろう》・姮娥楼一の妓女であり、貴陽花街筆頭の名妓・胡蝶を買うということだ。たった一晩で庶民《しょみん》の何生分の稼《かせ》ぎをもっていかれるか。いくら慶張の家が裕福《ゆうふく》とはいえ、所詮《しょせん》町屋の小金もち。二晩と保《も》つまい。

(く、くそぉ)

相手が悪すぎた。これはもう逃《に》げるしかない。

慶張は未練たらしく秀麗を見たが、それもわずか、脱兎《だっと》のごとく妓楼を飛び出していったのだった。

胡蝶はふ、とため息をついた。

「まったく意気地がないねぇ。あそこで逃げた理性は認めるけどさ。静蘭がそばにいない賃仕事のときだけちょっかいかけにくるなんざ、股《また》の間にツイてないんじゃないかい」

「……こ、胡蝶妓さん……」

「ま、姮娥楼にいる間は、秀麗ちゃんに下手な手出しをさせるわけにゃいかないからね」

文字通り値《あたい》千金の胡蝶の微笑《びしょう》。金を払《はら》わずに堪能《たんのう》できるのは、自分くらいなものではないだろうか…と、秀麗はいつも思う。

外見の美しさも、内面の輝《かがや》きも、胡蝶は他を圧するものを備えていた。美貌《びぼう》、教養、知性、技芸――どれも、極上《ごくじょう》。誰に頼《たよ》ることなく磨《みが》きあげた誇《ほこ》りゆえに、矜持《きょうじ》の高さは、おそらくいかなる宮女をも凌《しの》ぐ。秀麗が胡蝶と出会ってからだいぶ経《た》つが、その美貌は輝きを増しこそすれ、些《いささ》かも衰《おとろ》えることがない。

ちなみに秀麗は過去一人だけ、胡蝶を超《こ》える美貌の主を知っている。だがその人は男だ。

「今日はずいぶん早いお目覚めですね」

いつもならもう少し日が落ちないと胡蝶は起きてこない。

「昨日はお客が途中《とちゅう》で帰っちまってね。ゆっくり眠《ねむ》れたのさ」

「――胡蝶妓さんのお座敷《ざしき》を途中で!?」

「馬鹿《ばか》な男もいるもんだろう？　ま、おかげで残り少ない秀麗ちゃんとの時間をゆっくり過ごせるけどね。確かうちの暇乞いは、七日後――だったね？」

「……はい」

胡蝶はその理由を訊《き》かなかった。ただくすりと思い出し笑いをする。

「ふふ。たった一人でここにきて、『働かせてください』って頭下げた小《ちい》ちゃいお嬢ちゃんのことを思い出すねぇ。見るからに躾《しつけ》のいき届いた、しかも紅氏のお嬢ちゃんがさ」

末端《まったん》でも没落《ぼつらく》していても、七家の姓《せい》をもつ家は総じて家名を重んじ、気位が高い。しかも紅家とくれば七家でも藍家に次ぐ名門である。街へ働きに出るなどありえない話なのだ。

「ああ、これが有名な『紅師《せんせい》』のお嬢ちゃんかって一目でわかったもんさ」

どんな風に有名なのか、父の日頃《ひごろ》の言動を思うと色々あり過ぎてわからない。

午過《ひるす》ぎの今は、胡蝶もまだ店だしの姿形《つくり》をしていない。髪《かみ》を垂らし、普段《ふだん》づかいの室内着を引っかけただけの姿だ。それでも胡蝶がまとうと極上の衣のように華《はな》やかに匂《にお》いたつ。

「思いつめた顔してるから、これはよっぽど覚悟《かくご》の上の妓女志望だろうと思いきや、『でも夕ご飯の支《し》度《たく》があるので夕暮れには帰らせて頂きたいのですが』なーんて、大真面目《おおまじめ》に言っちゃってさ」

「ぎゃー！　わ、忘れてくださいって言ってるじゃないですかー！」

昔の恥《はじ》を発掘《はっくつ》されて、秀麗は真っ赤になった。

母が亡《な》くなり、使用人たちに家財をほとんど持ち逃げされて切羽詰《せっぱつ》まっていた秀麗は、とりあえず儲《もう》かるという噂一つで花街へ出かけていったのだ。勿論《もちろん》、十にもなっていなかった頃の話で、妓女たちの仕事の中身など何一つ知らなかった。

「ふふ、陰《かげ》で聞いてた私らも大笑いしたよ。大旦那《おおだんな》もポカンと口あけてさ——あれは見物《みもの》だったねぇ。夕暮れ時に帰っちまう妓女なんて、なんの役にも立ちゃしないよ」

「……ご、もっともです。その節は大変お世話になりました……」

そのまま叩《たた》き出されてもおかしくなかったところを、胡蝶が割って入って、裏方の仕事を大旦那に進言してくれたのだ。

「あれからもう随分《ずいぶん》経《た》つ……月日ってのは、早いねぇ」

胡蝶は仕事では決して見せない、母のような微笑《ほほえ》みを浮《う》かべた。

「秀麗ちゃん、おつとめ最後の日には、あたしから贈《おく》り物があるから、必ずきておくれね」

「え、そんな」

「こら、ツレないことをお言いでないよ。この胡蝶に逢瀬《おうせ》の約束を口にさせるなんざ、後にも先にも秀麗ちゃんだけなんだから」

磨き抜《ぬ》かれ、美しく色を施《ほどこ》された爪《つめ》。その細い指先が秀麗の顎《あご》にかかった。

「いいかい、約束だよ。でないと紅師と静蘭に、花街での賃仕事をバラしちまうからね」

途端《とたん》、秀麗は蒼白《そうはく》になって飛びあがった。

「ぎゃっ！　それだけは勘弁《かんべん》して下さいっ。行きます絶対行きますから！」

「……夕暮れには帰るとはいえ、よくまあここまで長い間隠《かく》しおおせたもんだねぇ」

いいところのお嬢さんが、家の者に内緒《ないしょ》で続けられる仕事ではないのだが。誰に似たのか秀麗は、こういうところが妙《みょう》に大胆《だいたん》なのだった。

「このお仕事が一番割が良かったですから。失うくらいならどんな嘘《うそ》でもつきとおします」

きっぱり言い切った秀麗に、胡蝶は微苦笑《びくしょう》する。

「ああそうそう、昨日はうちにも珍《めずら》しいお客がきてねぇ」

「珍しいお客？」

そのとき、上の階から耳をつんざく悲鳴があがった。次いで店の階段を猛然《もうぜん》と駆《か》け下りる音がし——帳場の扉《とびら》から誰かが飛びこんできた。

「——こ、ここどこですかぁ⁉」

顔色を目まぐるしく赤や青に変えながら、転がり込んできた少年は、そう叫《さけ》んだのだった。

● ❋ ● ❋ ●

「――というわけで無事保護しました」

「見つかったのは良かったが、まさかそんな特技の持ち主だったとは」

感心したように言う彩雲国国王・紫劉輝の傍《かたわ》らで、李絳攸がじろりと発言者を睨《ね》めつけた。

「怠慢《たいまん》だぞ楸瑛。ちゃんと護衛をつけろと言っておいたろうが」

「……返す言葉もない。あまりに『らしく』なくて、城門で捕《つか》まえられなかったのが失敗だった。今日からは確実な警護をつけてある」

劉輝は頷《うなず》くと、几案《つくえ》にあった資料の束から数枚を抜き出した。

「会試まで、あとひと月あまりだ。各州試の首席及《およ》び次席及第者《きゆうだいしや》、計十六名の貴陽入都を確認でき次第《しだい》、各人に警護をつける。――もちろん当人に気づかれぬよう隠密《おんみつ》行動が原則だが……特に、彼らには配慮《はいりよ》を」

資料には、それぞれ黒州、碧《へき》州、藍州の首席及第者の名が記されている。

藍楸瑛は手渡《てわた》された中の一枚に目を落とし、珍しく乱暴な仕種《しぐさ》で紙を弾《はじ》いた。

「……これには警護などつけるだけ、人材の無駄《むだ》だと思いますけどね。むしろ今後予想しうる警護兵の精神衛生上の大問題を考えると、配慮なしでいくのが最善の策かと」

「何を言っている。彼も稀《まれ》なる逸材《いつざい》だ。身内だからといって気配りを怠《おこた》ってはならんぞ」

「……はあ」

そのかなり気のない返事の、真の意味を劉輝と絳攸が知るのは、まだまだ先のことだ。

絳攸は窓から遥《はる》か城下を見下ろした。

「会試の時期で人の流入が急激に増えている。下街の治安はどうなってる？」

「例年通り組連が取り仕切る。色々といざこざが起きてるようだが、そろそろ収束するだろう。ただちょっと気になる噂《うわさ》はあるんだが……もう少し情報を仕入れてから報告します」

劉輝は首肯《しゅこう》した。

「これから忙《いそが》しくなるだろう。二人とも、よろしく頼《たの》む」

ざっくりとまとめた王に、青年たちは思わず笑った。

「おまかせください」

すべてを一任され、滲《にじ》むのは絶対の自信。楸瑛の剣鍔、そして絳攸の佩玉《はいぎょく》には、見事な花菖蒲《はなしょうぶ》が彫《ほ》られている。

「──で、『彼』に会いに行きます？　主上」

「行く」

間髪いれずに応じた劉輝に、絳攸はため息をつき、楸瑛は苦笑した。

「じゃ、政務が終わった頃──夕方になりますか。私と絳攸がお供します」

絳攸が思い出したように訊いた。

「そういえば楸瑛、残る一人の警護は？」

「しばらく静蘭に暇《ひま》を出したよ」

彼女に関しては、それで充分《じゅうぶん》だった。


「じゃ、なんでここへきたかも覚えてないの？　ええと、杜影月《とえいげつ》くん…、だったわね」

秀麗はお茶を出してやりながら、呆《あき》れたように少年――彼は杜影月と名乗った――を見た。

「はあ……もう、まったく。昨日貴陽についたばかりで、お宿を探そうとして迷ったところまでは覚えてるんですが」

影月は見たところ十二、三歳、だがその割に、ずいぶん物腰《ものごし》のやわらかな少年だった。同じくらいの年頃の男の子といえば、道寺《てら》に来る悪戯《いたずら》好きなガキんちょしか知らなかった秀麗は、内心ひそかに感動した。

「貴陽の人じゃないのね。宿ってことは、まさか知り合いとか全然いないの？」

「ええ。ちょっと…個人的に貴陽に用があって。最低でもひと月は滞在《たいざい》するつもりできたんですが、まさか王都がこんなに大きいとは思わなくて……あ、あのう、僕どうやってここに？」

きょろきょろと落ち着かなげに辺りを見回す影月を眺《なが》めて、胡蝶が面白《おもしろ》そうに言った。

「お客の一人があんたを運んできたのさ。しばらく泊《と》めてやってくれってね。馴染《なじ》みの上客だったし、充分な金子も頂いたから引き受けたんだよ」

「ええ!? そ、そんなご迷惑《めいわく》はかけられません。お幾《いく》らですか。払《はら》いますから、その人にお金を返してあげてください」

慌《あわ》てて懐《ふところ》から財布《さいふ》を取り出した影月は、覚えのない感触に首を傾《かし》げた。

「……あれ？ なんか、重さが……って、わあっ!? な、なんでこんなに減って」

その手もとをのぞきこんだ秀麗も、思わず唸《うな》った。

「うーん……これじゃどんな安宿でもひと月もたないわ……あなた、冒険《ぼうけん》するわねぇ」

「いいいいいえっ！ 昨日まではもっと――もっと！ ど、どうしよう！」

取り乱す影月に、胡蝶は軽く肩《かた》をすくめてみせた。

「まあ、もとが幾らでも、到底《とうてい》うちの宿代には足りなかったろうよ。好意に甘えて、しばらく泊まってったらどうだい。心配はいらないよ。その酔狂《すいきょう》な客は、身許《みもと》の確かな人だからね」

「そうよ。いっとくけど一晩でも目の玉飛び出る額よ。ここの上客さんなら桁違《けたちが》いのお金持ちだし、そう気にしなくても」

それでも頑《がん》として首を縦に振《ふ》らない影月に、秀麗は提案した。

「じゃ、しばらくここで一緒《いっしょ》に働く？」

「え」

「宿代には足りないけど、気持ちってコトで。少しは気がおさまるんじゃない」

「あ、はい！ それなら――」

言いさして、少年は途方《とほう》にくれた表情になった。その気持ちを察し、秀麗は提案する。

「なんなら今日からうちに泊まる？　昨日のぶんは仕方ないけど、残りは胡蝶妓《ねえ》さんからそのお客さんに返してもらって。うち、ぼろいけど広さはあるし、去年もクマみたいなのが転がり込んだりしたから、急な居候《いそうろう》には慣れてるの。ちょっとした家事手伝ってくれれば宿代もいらないから。そのかわりすっごく質素よ？」

影月の義理堅《ぎりがた》い性格を鑑《かんが》みて、秀麗はあえてそんなふうに言った。

どのみち、まとまった金子をもたない影月に、残された手段は野宿しかない。しかし冬のさなかに野宿は無謀《むぼう》すぎる。なにも凍死《とうし》しにきたわけではないのだ。ややあって影月はしおしおと頷いた。

「……ご迷惑をおかけしてすみません。そうさせて頂いてよろしいですか？」

見ず知らずの他人の好意に甘えてこんな立派な場所に逗留《とうりゅう》はできない、という理由だけではない。お城さながらの金ぴかの室に居座るには、影月はあまりに庶民《しょみん》すぎた。

秀麗はにこっと笑って算盤《そろばん》を振った。

「じゃ、早速《さっそく》やりましょうか。実は帳簿《ちょうぼ》がつけ終わらなそうだったから、人手ができて、ちょうど良かったの。あなた、算盤できる？」

「あ、はい。そういうのなら得意です」

早速仲良く帳場に座った二人に、胡蝶は目を細めると、ついと姿を消したのだった。

夕暮れ、店先の雪かきを終えると、秀麗は影月と連れだって姮娥楼を出た。

「凄《すご》いわねぇ、影月くん。計算、ものすごく速くて正確じゃない。びっくりしたわ」

心底秀麗は感心した。正直、算盤を自分と同じくらい弾《はじ》ける人を初めて見た。

「おうちが商家とか？」

「いいえ、とんでもない。算盤に触《ふ》れる機会が人より少し多かっただけで……」

闇《やみ》が迫《せま》り、人通りの多くなってきた大路を、影月は人にぶつかりながら歩いていた。その不器用さといい、おっとりした雰囲《ふんい》気《き》といい、どうも他人とは思いにくい。秀麗は密《ひそ》かに自分の父を思った。……似ている。

「お嬢様《じょうさま》、ここです」

「……静蘭」

前方から人混みを割って現れた家人の姿に、秀麗は驚《おどろ》いた。

「どうしたの」

「今日のお夕飯は酒楼でと思いまして、お迎《むか》えに」

「そんな贅沢《ぜいたく》な！」

悲鳴を上げた秀麗に、静蘭は笑った。

「ちょっとした臨時収入があったので、お代の心配はいりません。遅《おそ》まきながら、お嬢様が適性試験に及第《きゅうだい》されたお祝いと思ってください。旦那《だんな》様も今いらっしゃいますよ」

静蘭の提案に、秀麗は言葉を失った。彼がその柔和《にゅうわ》な外見に反して鉄のごとき意志と行動力の持ち主であることを知っているせいもあるが――素直《すなお》に、嬉《うれ》しかったのだ。

(適性試験、及第)

今でもそのときのことは鮮明《せんめい》に思い出せる。

あとひと月と少しで、会試が始まる。

事実上、国試の最終試験といわれる会試を受けるためには、本来ならいくつもの難関を突破《とっぱ》しなくてはならない。一年かけて様々な試験をくぐり抜《ぬ》け、最後に会試にたどりつく。けれどその時間がなかった秀麗には特例措置《そち》が採《と》られた。つまり事前に、会試を受ける実力があるか否《いな》かを見極《みきわ》める適性試験に通れば、晴れて会試を受ける資格――「挙人《きょじん》」の称号《しょうごう》が与《あた》えられると。

特別措置だからこそ、その合否の判断基準は極めて厳しい。だが秀麗は、その適性試験に通った。

及第の通知を受けた時、秀麗は震えが止まらなかった。

ずっと目の前にあった、夢と現実を隔《へだ》てる透明な板がついに消えたのだと。

「……ありがと、静蘭」

「いいえ」

静蘭は笑った。それは秀麗と邵可にしか見せない、特別の笑顔《えがお》だった。

「じゃ、今日はご馳走《ちそう》になろうかな」

「どうぞたくさん召《め》し上がってください。ああ、旦那様もいらしたようですね」

人通りの激しい往来を、邵可がおぼつかない足どりで歩いてくる。外見、中身共、いかにもカモにされやすそうなところは、やはり影月を彷彿《ほうふつ》とさせる。

「あ、そうだ。あのね静蘭、この男の子も一緒にご飯してもいいかしら」

「え？」

静蘭は秀麗が右隣《みぎどなり》に向けた掌《てのひら》の先を見て、不思議そうな顔をした。

「話はおいおいご飯食べながらでも。私もまだそんなに詳《くわ》しいことは知らないし」

「いえ……お嬢様、どこにその男の子がいらっしゃるんですか？」

「え？……あれっ⁉」

振り向くと、ついさっきまで隣を歩いていた少年がどこにもいない。

「ちょっとまさか人混みではぐれちゃった⁉」

そこへようやく邵可がやってきた。いつものようににこにこ笑顔である。

「今日もお仕事ご苦労様、秀麗。どうかしたかい？」

「う、うん、ちょっと今、連れがいたはずなんだけど、いなくなっちゃって。十二、三歳くらいで、私と同じ背丈《せたけ》の、父様みたいなぽやーっとした男の子でね」

「……お嬢様、もしかして、彼ですか？」

静蘭の示した方向を見て、秀麗はぎゃふんと飛びあがった。

いかにもな風体《ふうてい》の破落戸《ごろつき》数人に囲まれて、路地裏に連れこまれようとしているのは、まさしく当の影月だった。トロいのか運が悪いのか、目を離《はな》したほんの僅《わず》かの隙《すき》に、もう目をつけられて絡《から》まれてしまっている。

「そう、あの子ッ！　いやーっ！　ちょっとちょっと、あんたたち――！」

「お、お嬢様はここにいらしてくださいね。すぐ済みますから！」

算盤の入った重い巾着《きんちゃく》を振り回して今にも飛んでいきかねない秀麗を押しとどめ、静蘭は人の波を器用に縫《ぬ》ってカツアゲ現場に急行する。

ハラハラと秀麗が見守っていると、次の瞬間《しゅんかん》、影月を連れて路地に消えようとしていた男たちが、そろってすっころんだ。まるで雪合戦で思わぬところから雪つぶてを当てられたかのような、奇妙《きみょう》な転がり方だった。

そちらへ向かいかけていた静蘭も、思わぬ事態にきょとんとしている。

「ど、どうしたのかしら」

「……どうしたんだろうね。でも助けられたようで良かったね」

隣に立った邵可が、秀麗のつぶやきに飄々《ひょうひょう》と応《こた》えた。

「影月くん、怪我《けが》してないといいけど……」

割れていた人混みが、また何ごともなかったかのように流れだす。そのため、地べたに転がった破落戸を問答無用に踏《ふ》んづけた静蘭が、次々と路地裏に蹴《け》り込むという乱暴な場面は、秀麗の目には映らなかった。

やがて影月が静蘭に手を引かれて戻《もど》ってきた。やや小突《こづ》かれてヨレた感はあるものの、見えるところに傷はない。秀麗はホッと息をつき、すかさず大事なことを訊《き》いた。

「お財布《さいふ》は!?」

「え、と……、あ。……巻き上げられました――……」

「…………………………」

とろい。

さすがの紅家一行も、もはや返す言葉がなかった。

◉　❋　◉　❋　◉

秀麗が妓楼《ぎろう》での一件をうまくごまかしながら、かいつまんで事情を話すと、邵可と静蘭は顔を見合わせて苦笑《くしょう》した。試験直前の大切なこの時期に、他人の面倒《めんどう》ごとを背負《しょ》い込む者はそういない。

もちろん、二人とも影月の滞在《たいざい》を快く受け入れた。

「それにしても最初からとんだ災難だったね……」

評判の酒楼に席をとり、菜《りょうり》を頼《たの》んだあと、邵可はいたわるように影月に声をかけた。

「黒州からじゃ、ずいぶん大変だったろう」

「そうよ。しかも十三歳なんですって。でも今は会試直前でたくさん外の人が入ってくるときだし、慣れない人が貴陽にくるのはちょっと危ないと思うの。ご用があるなら早めにすませて帰ったほうがいいわよ」

「そう…ですねー……」

秀麗の指摘《してき》に、影月は曖昧《あいまい》な笑みを浮《う》かべた。

「それにしても、だいぶ受験者が増えてきましたね」

静蘭の言うとおり、酒楼のあちこちに書物を片手に食事をとる書生がいる。

そのとき、がたりと椅子《いす》を鳴らして立ち上がった赤ら顔の書生が、朗々と詩文を暗唱しはじめた。自分の才をひけらかして得意満面である。しかし。

「あ」

「あ」

秀麗と影月が同時に声をもらした。

「間違《まちが》ったね、今」

邵可があっさり言った。

「良く気がついたね。ほんの一語の間違いだったのに」

秀麗は心腑《しんぷ》が裏返ったかと思った。——隣には、秀麗の会試受験のことなど何も知らない影月がいるのだ。

「え!? な、なななんのこと父様」

しかし影月のほうも、なぜか焦《あせ》ったように手を振《ふ》っている。

「ぼ、僕ちょっと前の街で忘れ物してきたのを思い出しただけで別に深い意味は！」

頃合《ころあ》いよく、菜が次々と運ばれてきた。注文よりずいぶん多い皿数に秀麗は目を瞠《みは》った。

「ちょっと荘《そう》おじさん、頼んでないものまできてるんですけど！」

「おごりだよ」

秀麗たちの前に皿を並べ終えた酒楼《しゅろう》の主《あるじ》は、にっかと笑った。

「あっちこっちで秀麗ちゃんに暇乞《いとまご》いされたって話を聞いたからな。またどっか行くんだろ？　秀麗ちゃんにはさんざん世話になったからな。滅多《めった》に食いに来てくれねぇし、ほんの礼だ。今日はたらふく食ってきな。そのかわり、帰ってきたらまた帳簿《ちょうぼ》つけるのを手伝ってくれよ」

秀麗は一瞬《いっしゅん》言葉に詰《つ》まった。卓子《たくし》の下で拳《こぶし》を握《にぎ》りしめ、それからゆっくり笑顔をつくる。

「勿論《もちろん》。帰ってきたら、またお仕事くださいね。お給料は銅一両上乗せで」

おうよと笑いながら、荘おじさんは行ってしまった。

……ひと月後、秀麗は会試に臨《のぞ》む。

落第しても、及第しても、これがたぶん、国試を受ける最初で最後の機会だ。

悔《く》いを残さないようにと、父様と静蘭がひと月の自由をくれた。

秀麗はその言葉に甘えることにした。そして数多く引き受けていた仕事先すべてに暇《ひま》を願い出た。去年の春も一時的な後宮入りで、今回と同じようなことをしたから、ほとんどの雇《やと》い主は荘おじさんのようにまた戻ってくると思っているようだった。たしかに落第したらそうなるだろう。けれどもし、及第《きゅうだい》することができたら。

（長の暇乞い――）

もしかしたら、この貴陽――いや、紫州《しじゅう》からも。静蘭とも父とも別れ、たった一人で。

「お嬢様《じょうさま》、この鴨《かも》の変わり四菜、それぞれおいしいですよ。はい、どうぞ」

静蘭が皿に四種の鴨菜をとりわけ、秀麗の前にコトンと置いた。

秀麗はにっこりと笑った。そうだ――心が揺《ゆ》れても、見据《みす》える先は変わらない。

「ありがと静蘭。ほんと、おいしそう。うちでもつくってみようかしら。鴨があればね」

「とある筋から鴨を調達しましょう。あ、ちなみに今日のご飯代も、藍将軍のお志です」

秀麗は目の前のご馳走に視線を落とした。……とある筋って……。

「……気のせいかしら、藍将軍にタカってるような気分になってきたわ」

「お志ですよ」

にこやかな静蘭が、なんだか少し怖《こわ》い。

「……それをタカってるって言うんじゃ……」

「いいんですよ。花街で湯水のように遣《つか》われるくらいなら、私たちの生活向上に役立てて頂いたほうが、よっぽど有益というものです」

「…………そうかも」

胡蝶に訊いてみたら、藍楸瑛は花街一の有名人だった。

なんでも名妓《めいぎ》と呼ばれる妓女はすべて、彼の「お得意様」であり、夢中にさせるのが仕事の妓女たちを逆に溺《おぼ》れさせてしまうこともしばしばで、今では各妓楼が示し合わせて、新米妓女は決して彼の前に出さない協定を結んでいるとかいないとか。

風流を解し、遊び慣れて気前もよく、しかも七家一の名門藍家の出身で、将軍職を務める美形とくれば、もう女たちが放《ほう》っておかない。夜の名花たちは競《きそ》って彼を落とすことを至上の目標としているらしい。……ものすごいお人である。

さて菜を食べようとしたとき、隣《となり》の席から大声で話すのが聞こえてきた。

「そういや今年の会試の噂《うわさ》、聞いてるか？　なんでも、ガキがやったら多いんだってよ。おまけに今回は、女までいるって噂だ」

途端《とたん》、秀麗と――なぜか影月の箸《はし》が、同時にぴたりと止まった。

「あ、聞いたことあるぞその話。一人はマジだぜ。俺ぁ、郷里が碧州《へきしゅう》でさ、神童がいるって昔っから有名だったもん。まだ十六、七で、噂じゃ今年状元及第間違いなしとか聞いたぜ。俺は今回全財産の三割を、やつの状元にツッコんだ！」

「三割とかまた中途半端《ちゅうとはんぱ》な賭《か》け方だなオイ。おまえ何年か前もそんなことやって全部スッたじゃねぇか。なんだっけ、あんときもすげぇ大穴・十代のガキが二人して首席と次席かっさらって大番狂《くる》わせになっただろ。手堅《てがた》いとこに賭けてて破産しちまったやつが続出したんだよな」

「でもあれはよ、どっちもすげー偉《えら》いさんのガキだったんだろ。それならなー」

「エイ…エイサイ教育のたまものってやつだろ」

「今度のもどーせ金持ちのガキってクチだろ？　いいよなー親の金でべんきょーだけしてりゃ

将来安泰《あんたい》か」

「でもよ、女が国試受けられるなんて聞いたことねーぞ」

ぎゅっと、秀麗は手にしていた箸ごと、きつく手のひらを握りしめた。

「郷里で評判の偉い先生だって、十回も受けたけど州試どまりで、恥《は》ずかしくて夜逃《よに》げして行《ゆく》方《え》知れずになっちまったんだぜ。なのに女なんかが最終試験までこれるわけねーっつの」

「そうそ。つか女が国試受けてどうするんだぁ？」

ぎゃははと下品な大笑いが起こる。

その瞬間《しゅんかん》、どういうわけか男たちが座っていた椅子の脚《あし》がそろって折れた。それどころか卓子の脚もことごとく折れ、頭から床《ゆか》に激突《げきとつ》した男たちは、ついでに辺りにまき散らされた皿やら菜やらの手厚い歓迎《かんげい》を受けることになったのだった。

突然《とつぜん》の隣席《りんせき》の椿事《ちんじ》に秀麗は呆気《あっけ》にとられた。

「……な、何あれ？」

「さあ何だろうね」

空っとぼけながら鋼糸を素早《すばや》く手のひらに手繰《たぐ》ると、邵可は箸をとった。

「さて、冷めないうちに食べようか。影月くんも、おつゆでも飲んで温まりなさい」

「あ、は、はい……」

黙《だま》ってうつむいていた影月は、言われるままに鴨肉の汁物《しるもの》を飲んで——ホッと息をついた。

「誰《だれ》も、何の努力もしないで大切なものをその手に掴《つか》むことなんて、できないんだよ」

邵可は誰にともなく言った。

「藍将軍と絳攸殿《どの》をごらん。若すぎた彼らも、最初は散々にけなされてたけど、最後は努力という名の力で相手を黙らせてしまった。絳攸殿は、朝から晩まで、それこそ寝食《しんしょく》を削《けず》って几案《つくえ》に向かっていたそうだよ。……必要なのは、きっと努力《それ》だけなんだろうね」

秀麗は握りしめていた拳をゆっくりと開いた。ようやく、息ができる気がした。

「……ありがと、父様」

「ん？　このお魚もおいしいよ、秀麗」

「うん、ほんとすごいご馳走《ちそう》ね。……あら、お酒まであるわ。影月くんちょっと飲んでみる？」

話題と雰囲気《ふんいき》を変えるのが半分、冗談《じょうだん》が半分で言ってみた秀麗だったが、影月の反応は意外にも激しかった。

「い、いいえっ！　けけけ結構ですッ」

「あら珍《めずら》しい。興味ないの？」

「いえあの、僕お酒にものすごく弱くて！　できれば匂《にお》いもかぎたくないっていうか……」

「あらら。じゃ、お酒は父様と静蘭に任せて、私たちはせっせと食べましょうか」

家ではほとんどたしなまないが、邵可と静蘭はかなり酒に強かった。

酒杯《しゅはい》を先にあける二人とは反対に、秀麗と影月は早速《さっそく》箸を動かしはじめた。

「こんなちゃんとしたご飯、何ヶ月ぶりでしょう」

しみじみと言われ、秀麗は唖然《あぜん》とした。

「何ヶ月って…今まで何食べてたの？」

「乾《ほ》し飯《いい》とか乾し柿《がき》とか煮干《にぼ》しとか……」

「……全部乾物《かんぶつ》じゃないの。ね、ちょっと思ったんだけど、もしかしてあなた、記憶《きおく》がない間に、破落戸《ごろつき》にカツアゲされちゃったんじゃないの？　お金、なくなってたんでしょ？」

先ほどの一件から推測して当然の帰結だったのだが、なぜか影月は激しくおののいた。

「ええッ、記憶のない間に!?」

「どうしたの。さっきもされてたじゃない」

「はあ、まあ、そうなんですけどー、……き、記憶がないあいだにカツアゲ……あー、でも王都なら、そんなこともできてしまうスゴい人の一人や二人ー……」

「え…影月くん？」

影月は何やらぶつぶつと、わけのわからないことを呟《つぶや》いている。

静蘭が思いだすようにちょっと首を傾《かたむ》けた。

「──もしそうなら青巾党《せいきん》ですね」

「静蘭、知ってるの？」

「ええ。近ごろ、城下に台頭してきた破落戸の集団です。腰《こし》に青い布をつけているのが目印なんです。とはいっても、無頼漢《やくざ》の新組旗揚《はたあ》げとは違《ちが》うようで」

しかし、それなら「素人《しろうと》さんには手出し無用」が信条の、「組連《くみれん》」と呼ばれる裏社会の親玉連合が黙ってはいまい。

「何それ。親分衆は目こぼししてるわけ？」

「今までは。ただ、近ごろ青巾党は目に余る行動が多いんですよ。親分衆もそろそろ動くといわれていますね。なにしろ会試の時期ですから」

秀麗は難しそうに眉根《まゆね》を寄せた。

「そうね。……でも青巾党の頭目は、貴陽の人間じゃないわね」

「おそらく。自殺行為《こうい》ですから」

話の見えない影月に、静蘭が説明した。

「この貴陽は他の州都と違って、比較的《ひかくてき》治安が良いんです。王のお膝元《ひざもと》ですから、何かあれば精鋭《せいえい》の近衛《このえ》軍まで出てきてしまいますからね。実際夏にも近衛軍が討伐《とうばつ》隊を結成して賊《ぞく》退治に当たりましたし。何より、貴陽は州府側と下街で明確な線引きがされてるんです」

「線引き……ですか？」

「ええ。貴陽では、いわゆる裏社会の親分衆が下街の破落戸を統制しています。堅気《かたぎ》の人たちに迷惑《めいわく》をかけない範囲《はんい》で抑《おさ》えている限りは、上もあえて手出しをしません。必要悪というか、暗黙《あんもく》の了解《りょうかい》みたいなものですね。その中でも重要視されるのが会試期間です。他州から多く人が流入する時期ですから、犯罪も多発します。それを抑えこみ、会試期間を無事やりすごせるかどうかが、親分衆の力の見せどころというわけです」

邵可が惣菜《そうざい》をつつきながら同意する。

「会試中の紫州が一番『仕事』がやりやすい、なんて噂が他州に流れでもしたら、縄張《シマ》りを荒《あ》らされて面倒《めんどう》なことになるからね。第一、余所者《よそ》にナメられるのは彼らの矜持《きょうじ》が許さない。だから会試中は特に親分衆の目も厳しいんだよ」

「……父様、府庫にこもりきりなのに詳《くわ》しいのね。シマって？」

感心したような娘《むすめ》の声に、邵可は我に返った。

「あ、なんかね、本に載《の》ってたんだよ」

「……ずいぶんヘンな本まで読むのねぇ。ていうか、そんなこと本に書く人がいるの？」

「そ、それより影月くんのことだろう」

急に話を振《ふ》られて、影月は慌《あわ》てて両手をぶんぶんと振った。

「え、あ、僕はそんな、大丈夫《だいじょうぶ》です。それに、皆《みな》さんを危ない目に遭《あ》わせるわけにはいきません。金子は故郷の皆が少しずつ出してくれたものなので、凄《すご》く申し訳ないんですけど……」

「ええ!?　そういうお金だったの!?」

「はい。でもいいんです、これさえ無事なら」

影月はそう言いながら、傍《かたわ》らに置いてあった粗末《そまつ》な袋《ぶくろ》から巾着《きんちゃく》をさぐり出そうとして——みるみるうちに蒼白《そうはく》になった。

「——え!?」

「ど、どうしたの」

「ななななない!!」

「なななにが!?」

手に握《にぎ》られた小ぶりの巾着は、くたっと力なく垂れて、中を見るまでもなく空っぽだった。影月は袋を豪快《ごうかい》にひっくり返し、再び必死で中身をあらためたが、やはり目当ての物はなかったらしい。

今までののんびり具合とは一転、影月の焦《あせ》りようは尋常《じんじょう》ではなかった。

「すみません秀麗さん！　僕戻《もど》ります!!」

「ど、どこに？」

「胡蝶さんに僕を連れてきてくれた人のことを訊《き》きます。何か知ってるかも――」

「ええ!?　ちょ、影月くん――!?」

荷物を袋に詰《つ》め直すと、影月は返事も待たずに酒楼《しゅろう》を飛び出していった。

「ごめん父様、静蘭、ゆっくり食べてて！」

秀麗も慌ててあとを追った。だが影月を見つけるまでに、そう長い時間はかからなかった。なぜなら店を出たところで、腰に青い布を引っかけた人相の悪い男たちが、影月の前に立ちはだかっていたからである。その数――およそ十人。

（……あれが青巾党……!?）

「おい、てめぇだな。ゆうべウチのもんを可愛《かわい》がってくれたあげく、金まで盗《と》っていきやがッた小僧《こぞう》ってのは！」

秀麗はまさかと思ったが、当の本人はといえば、驚《おどろ》きのあまりぴょんと飛びあがり、それからなぜかぺこぺこと頭を下げはじめた。

「ええ⁉　僕そんなことしたんですか⁉　うわーすみませんすみません！」

影月は本気だった。しかし青巾党の男たちは、馬鹿《ばか》にされたとしか思わなかった。

「……野郎《やろう》、いい度胸してんな」

「下《した》っ端《ぱ》数人伸《の》したからって、調子こいてんじゃねぇぞ」

「あの金は大切な軍資金だったんだからな。腹カッさばいてでも返してもらうぜ」

影月はハッと顔をあげた。彼らは記憶のない「昨晩」を間接的にでも知っているのだ。

「あの——もしかして僕、昨日これっくらいの札を落としませんでしたか⁉　表と裏に字が書いてあってちょっと汚《きたな》い」

指で札の大きさを示す影月に、ようやく追いついた秀麗のほうが慌てた。

「ちょ、影月くん、今そんなこと言ってる場合⁉」

「でででも大切なものなんです！」

子ども二人に完全に無視された形になった男たちは、怒《いか》りに震《ふる》えはじめた。

「……札ぁ？　おおあるぜ。いま頭目の命令で集めてっからな」

バキバキと指を鳴らす。

「オレたちの根城にきてみるかー？　ただし死体でな‼」

秀麗は即座に影月の腕《うで》をひっつかむと、あとも見ずに走り出した。

「わわわわ秀麗さんちょっと待」

「待たない！　ああいう手合いに話なんか通じないから！」

闘鶏のごとき雄叫《おたけ》びを上げて追いかけてくる男たちを振り返り、影月がうめく。

「……そ、そうですね……でも」

「でもじゃない！　きりきり走る！」

「は、はいー」

足がもつれて走りにくい。秀麗は衣《ころも》の裾《すそ》を片手でたくし上げて少年を振り返った。

「——ところで影月くん！　さっきの話本当なの⁉」

「え」

「破落戸のお金盗《ぬす》んだ話よ‼　心当たりあるわけ⁉」

「ないけどあります！」

「どっちよ！」

そうこうするうちに、前方にも青巾党一味の姿が見えてきた。何があったのかサッパリだが、昨日の今日ですでに絵姿でも配られているのか、影月の顔を認めると血相を変えて迫《せま》ってくる。

秀麗はあせった。

「ぎゃー嘘《うそ》っ！」

影月は秀麗の手をふりほどき、急に走る方向を変えた。

「狙《ねら》ってるの、僕だけみたいですから秀麗さんは逃《に》げてください！」

「馬鹿！　あなたこの街不案内なのにそんなことできるもんですか！」

二人がもみ合っている間に、男が襲《おそ》いかかってきた。秀麗は反射的に、手にしていた算盤《そろばん》袋を振り回した。

「ぷぎゃ」

重い算盤の入った巾着は見事に男の顔面に命中した。秀麗は巾着から算盤をとりだし、体重を乗っけてもう一度男の顔面を殴《なぐ》りつけた。おまけとばかりに股間《こかん》の急所も蹴《け》り飛ばす。

「行くわよ影月くん！」

「す、凄い……」

足もとでは、男が激痛に悶絶《もんぜつ》していた。蹴られてもいない影月まで、痛そうな表情になっている。秀麗は容赦《ようしゃ》なく言いきった。

「ヘンな男には、最初に面食《めんく》らわせてその隙《すき》に股間を蹴り飛ばせって、静蘭が――」

「……言いましたけど、お見事です」

追いかけてきたらしい静蘭の苦笑《くしょう》に、秀麗は飛び上がった。

「今の、み、見てた⁉」

「……おかげで出番がありませんでした」

秀麗は穴を掘《ほ》ってどこかに埋《う》まりたいと心底思った。

「このままだとお邸《やしき》まで追いかけてきそうですね。影月くん、どこへ行きたいんですか？」

秀麗は青くなった。花街――しかも妓楼《ぎろう》で賃仕事しているなど、過保護で心配性《しょう》の静蘭に知られたらどうなるか。

「あわわ静蘭もういいから！　先に帰って――」

そのときだった。背後の人混みからヌッと大きな影が現れた。

「秀麗お嬢《じょう》さん、ここにおられましたか」

振り返った秀麗は、それが姮娥楼で働く若い衆の一人であることに気づいた。真面目《まじめ》で言葉少ない人物だが、……なんだか今日は様子が違《ちが》う。

「胡蝶姐《ねえ》さんから言いつかって参りました。そちらの坊と……ご迷惑《めいわく》でなければ静蘭殿もご一緒《いっしょ》に、姮娥楼へお戻り下さい。うるさい青巾党《せいきんとう》の奴《やつ》らは、下の連中にシメさせますから」

「え？　え？　シメ、って？」

混乱する秀麗の代わりに、静蘭が一歩進み出た。

「……良い案です。格式ある姮娥楼なら、ちんぴらも立ち入れませんし。暗くなる前に、さ、お嬢様、走ってください」

静蘭のあまりに呆気《あっけ》ない納得《なっとく》ぶりに、秀麗の頭の中は疑問符《ぎもんふ》だらけになる。

だがとりあえず今は影月と一緒に、姮娥楼への道を走り出さなければならなかった。

・◉・◉・

「取り逃がしただぁ？」

凶悪《きょうあく》な面構《つらがま》えの大男が、ぎろりと配下を睨《にら》みつけた。呑《の》んでいた大盃《たいはい》を投げつけ吼《ほ》える。

「ふざけたこといってんじゃねぇぞ。この貴陽で一旗揚《あ》げて、いずれは下街牛耳《ぎゅうじ》ろうってのが、たかがガキ一人に何やってんだてめぇら！」

「な、なんか算盤もった小娘《こむすめ》と男と一緒に、姮娥楼ってとこに入ったって報告はきてやす」

慌《あわ》ててなされた追加報告に、大男はぴくりと反応した。隣《となり》にかしこまった男を振《ふ》り返る。

「姮娥楼？　おい慶張」

「は、ははい！」

青巾党の頭目に名を呼ばれた少年――王慶張は飛び上がった。

「姮娥楼ってのは妓楼か？」

「あ、は、はい。貴陽花街一の妓楼です。そこの胡蝶って名妓には、金千両を積む客もいるってくらいで」

「ほぉ」

頭目はにやりと笑った。

「そりゃあ、さぞかしイイ女なんだろうなぁ。よし、落とし前ついでに、その胡蝶ってのを俺の女にするか」

「ええ!?」

「いずれ貴陽の街を牛耳るなら、女も最高のをはべらせねぇとな。おう、お前らも好きな女を見繕《みつく》ろえ！」

慶張以外の男たちが、一斉《いっせい》に歓声《かんせい》をあげる。

「今夜は例の小僧っこをシメたあと、思う存分呑んで食ってイイ思いしようじゃねぇか。そうだな……花街一の妓楼じゃあ、かなりでかいだろ。よしいい機会だ、その姮娥楼ってのを、俺らの新たな根城にしようや」

俄然《がぜん》盛り上がる子分たちとは対照的に、慶張は青くなった。

(……算盤もった小娘って、ま、まさか……)

もし予想通りなら、秀麗が危ない。

慶張はありったけの勇気を振り絞《しぼ》って声を上げた。

「お、お頭《かしら》!」

「んだよ新入り」

睨みつけられ、身をすくめる。

「……そ、そのう、新しいお酒買ってきましょうか?」

「おお、気が利《き》くじゃねぇか。前祝いにいい酒買ってこいや。もちろんてめぇの金でな」

ぐっと唇《くちびる》をかみしめ、慶張は逃げるようにその場を退出した。

「まったく、あれに目をつけたのは、我ながら正解だったぜ」

頭目はにやにやと笑って、目の前に小山のように積《つ》まれた木簡を見た。

「盗《と》って脅《おど》しゃあいくらでも金を出しゃあがる。長旅で懐《ふところ》はあったけえし、城門見張りゃあ目星はつくしよ。まったくイイ商売だぜ。——さあ野郎《やろう》ども、荷物まとめとけや!」

「――妓楼だと!?」

絳攸はすっかり陽《ひ》が落ちた往来を、カッカしながら歩いていた。

「お前というやつは――なんだってそんなところに預けたんだ！」

「だってそこが一番安全だったから」

「花街自体が危ないだろうが！」

こんな会話の間も、残る一人の同行者である紫劉輝は、物珍《ものめずら》しそうに辺りを見回している。

嚙《か》みつかれた楸瑛は、やれやれと肩《かた》をすくめた。

「それは偏見《へんけん》だよ絳攸。治安はかなりいいんだ。裏の連中も統率《とうそつ》とれてるしね。ま、君は全然花街にこないから、わからないのも無理ないが」

「お前は来すぎだ！　なんだあの女どもはっ!!」

楸瑛の姿を認めた妓楼の女たちが、飾《かざ》り窓から盛《さか》んに秋波や嬌声《きょうせい》を投げて誘《さそ》ってくる。

「あらァ藍様。今日はずいぶんお早いおこしね。ステキな殿方《とのがた》二人もお連れになって。ぜひうちにいらしてちょうだい」

「いいえ、どうぞこちらへ。このごろいらっしゃらなくて寂《さび》しゅうございます」

「お連れのかたは慣れてなさそうね。私ならたっぷり優《やさ》しくして、忘れられない夜にしてさしあげてよ。ぜひいらして」

はっきりいって、楸瑛に声をかけない妓楼は一つもないといってよかった。鈴《すず》なりの女たちに甘い言葉と笑顔《えがお》を振りまきつつ、楸瑛が友を見る。

「――だってさ、絳攸。もてるねぇ。なんなら楽しんできても構わないよ」

「頭腐《くさ》ってんのか貴様は――――っっ!! いっぺん死んでこいッッッ!!」

物珍しげに周りを見回していた劉輝が、ここで初めて口を挟《はさ》んだ。

「この街は、もしかして楸瑛の後宮か?」

大胆《だいたん》な解釈《かいしゃく》にも、楸瑛は動じなかった。

「そうですねぇ。あなたのものとは目的は違いますが、この街は、すべての男たちにとっての後宮と考えていただければ宜《よろ》しいのではないかと。……あ、お金、ご入り用ですか」

「そういうことを安易に勧《すす》めるな――っ!! こここの常春頭《とこはる》がっ! よくもそんなことをヌケヌケと――――っっ」

絳攸が頭から湯気を立てて激怒《げきど》するが、楸瑛はといえば涼《すず》しい顔だ。

「これから行く妓楼には、主上の後宮にも負けず劣《おと》らずの才色兼備《さいしょくけんび》の美女たちがそろっていますよ。楽しみにしていてください」

「お、お前は目的を見失――」

「……楸瑛は、好きな女人はいないのか?」

当たり前のように投げられた問いに、楸瑛はわずかに瞠目《どうもく》し、そして微笑《ほほえ》んだ。

「さて……あなたは、本当にまっすぐでいらっしゃる」

少しだけのぞいた彼の本音も、すぐにいつもの笑顔と声音《こわね》に隠《かく》れて消える。

「ああ、あそこですよ。なかなかのものでしょう？　七家の別邸《べってい》とも遜色《そんしょく》ありません。私の気に入りの――」

楸瑛は門前できゅっと眉《まゆ》を寄せて立っている、馴染《なじ》みの妓女の姿を見つけて言葉を切った。

「……胡蝶」

「ああ藍様。ちょっと気になることがあってね。お邸《やしき》に文を出しといたんだが、行き違《ちが》いになっちまったかい。……で、そちらのお二方は？」

「私の連れだよ。『彼』に会いにこられたんだ」

劉輝は、髪《かみ》の先からも色香《いろか》がこぼれおちるような胡蝶を一目見て、素直に感嘆《かんたん》した。

「確かに美人だ。余…私も、滅多《めった》に見たことがない。珠翠《しゅすい》と張り合える」

「おや最後のひと言はいただけないねぇ若様。褒《ほ》めるつもりなら他《ほか》の女を引き合いに出しちゃいけないよ。覚えといで」

女嫌《ぎら》いの絳攸は、苦虫を嚙み潰《つぶ》したような顔をしてそっぽを向いている。

そのとき、角を曲がって走ってくる一群があった。胡蝶はすぐに気づいて門を開ける。

「姐《あね》さん、紅師《せんせい》のお嬢《じょう》さんたちをお連れしました」

「よくやった。お前は裏口へまわりな。……秀麗ちゃん、お入り！」

「秀麗⁉」

思いがけぬ名前に劉輝が振り返ると、まさしく見知った少女が、妓楼《ぎろう》の門を目指して猛然《もうぜん》と駆《か》け込んでくるところだった。

「ほら、藍様たちもお入りになって！」

「なんなら、片づける方も手伝うけど？」

「そりゃ、藍様が将軍様じゃなかったら喜んで受けるけどね。——花街の落とし前は花街でつける。それにまだ、時期じゃない」

胡蝶はそう言うと、楸瑛たちを建物のなかへ押し込んだ。次いで秀麗、影月、静蘭の三人が駆け込んできたのを確かめて、豪奢《ごうしゃ》な門を閉じてしまう。

肩で息をしながら、秀麗は顔を上げた。灯籠《とうろう》のお陰《かげ》で日暮れでも互《たが》いの顔はよく見える。

「へー……藍将軍と絳攸様をお供に、お忍《しの》びで妓楼にきたってわけ」

秀麗のどこか呆《あき》れたような冷たい声に、劉輝は妓楼＝後宮というさっき教えてもらったばかりの図式をハッと思いだし、青くなった。

「——ご、誤解だ秀麗！」

彼は必死で言い繕《つくろ》った。

「余ならこんなところにこなくても、自分のところでいくらでもできる！」

楸瑛は片手で目を覆《おお》った。

——それは言い訳にしても、あまりにもまずかった。

「あ、あなたが昨日、僕を連れてきてくれたっていう人だったんですかぁ！」

妓楼の一室に落ち着くと、影月は楸瑛の話を聞いて腰《こし》を浮《う》かした。

「そうだけど……うーん、君、ほんとに昨日の少年と同一人物？」

ずいぶん印象の違う少年を、楸瑛はまじまじと見た。

「ちょっと理由があって追いかけたんだけど、見つけたときには半分眠《ねむ》った状態でね。どうしても『貴陽一の妓楼に行く』って言うから、ここに。ちょうど私も泊《と》まってたし」

それを聞いて秀麗はハッと気づく。

「ま、まさか昨日胡蝶妓《ねえ》さんのお座敷《ざしき》を途中《とちゅう》ですっぽかした人って」

「そう、藍様だよ。途中で呼び出されて、帰ってきたと思ったら、ぼうやと金子置いてそのまま帰っちまうんだからね。この胡蝶相手にいい度胸してるだろう」

確かに、破産してでも胡蝶との一夜を望む男があとを絶たないのに、あっさり帰ってしまうとは、凡人《ぼんじん》には到底《とうてい》真似《まね》のできない偉業《いぎょう》だ。

「それにしても藍様よりイイ男にこれだけいッぺんに会えるとはねぇ」

聞き捨てならない言葉に、楸瑛は眉根《まゆね》を寄せて抗議《こうぎ》した。

「胡蝶……せめて同じくらいイイ男とか」

「よく言えたもんだね藍様。床《とこ》を共にしてても『愛してる』を言わない男なんて、タチが悪すぎさ。だいたいこの胡蝶を、下街《したまち》の情報源か、親分連とのつなぎ役くらいにしか思ってないんだからね。戯《たわむ》れの繋《つな》がりだからって、心をこめた相手にただの一夜も本気にならない男なんて、こっちから願い下げさ。イイのは口と顔とカラダと金回りだけだね」

一斉《いっせい》に周囲から突《つ》き刺《さ》さったつららのような視線に、墓穴《ぼけつ》を掘《ほ》ったと、楸瑛は珍《めずら》しくも深く後悔《こうかい》した。

「……そういえば、邵可はここで有名なのか」

劉輝はさっきの『紅師』を思い出して首を傾《かし》げた。

「ああ。もともと風変わりな紅師のお噂《うわさ》は、お客からちょくちょく聞いてたんだけどね」

その「風変わり」の娘《むすめ》である秀麗を見つめ、小さく苦笑《くしょう》する。

「……秀麗ちゃんがここで働きはじめて少し経《た》ったころ、お一人でいらしてねぇ」

「父様が⁉」

これには秀麗が目を剝《む》く。

「あたしらはてっきり怒鳴《どな》り込みかと思ったんだけどねぇ、ばかっ丁寧《ていねい》に頭を下げて『娘をよろしく頼《たの》みます』っていうんだよ」

「え？　は⁉」

「『娘は母を亡《な》くしたばかりで、これから先、男の私ではわからないこともたくさん出てくるでしょう。どうかよろしくお願いします』って」

「…………」

「そしたら次に静蘭がやってきて、紅師とまったく同じこと言って去ってってから、あたしゃ笑っちまってねぇ。あっというまに『紅師一家』は有名人さ」

「せ、静蘭も知ってたの⁉」

額を覆って視線を外した静蘭の姿が、無言の答えだった。

「こりゃあ、大事な娘さんを預かっちまったねぇって苦笑したもんさ。時々お二人とも様子見に、ここいらにきてたんだよ」

秀麗は、あらゆる意味で開いた口がふさがらなかった。

胡蝶は意味ありげに静蘭を見た。

「それがねぇ、お二人とも夜の名花が手管駆使《くし》して誘っても、一向に乗ってこなくッてねぇ。しまいにゃ『お代はいらない』って突撃《とつげき》した妓女にまでけんもほろろで。そっちの意味でもかなり有名になったもんさ」

静蘭はぎょっと腰を浮かせた。

「こ、胡蝶さんっ」

「なんだい静蘭。誘《さそ》いをむげに断ったこたぁ一生忘れないよ。この胡蝶相手に、にっこり笑って『あとで泣きを見ても知りませんよ』なんて、ものすごい台詞《せりふ》吐《は》いてくれたっけねぇ」

秀麗の愕然《がくぜん》とした表情に、静蘭のほうが凍《こお》りつく。

今この場で最強なのは、間違《まちが》いなく胡蝶であった。

絶世の美女は猫《ねこ》のように目を細めて笑った。

「……他にも、秀麗ちゃんたちにはたくさんお世話になったからねぇ」

詳《くわ》しくは語らず、胡蝶は話題を転じた。

「ま、それより、秀麗ちゃんも小さいぼうやも、しばらくここに泊まっておいき。ああいう手合いはしつっこいからねぇ」

「でも胡蝶妓さん、影月くんはともかく、私はいつまでもここにいるわけには」

「大丈夫《だいじょうぶ》さ。あと数日の辛抱《しんぼう》だよ。邵可様には文を出しておきな」

「数日？　どうしてですか？」

「ま、いずれわかるさ」

自信ありげに、胡蝶が笑った。

けれど影月の顔は晴れなかった。

「……僕も、ずっとここにいるわけにはいきません」

ぎゅっと拳《こぶし》を握《にぎ》りしめる。

「どうしても取り返さなくちゃならないものがあるんです。だから――」

楸瑛は昨夜の出来事を思い返して、心底不思議に思った。

「……おかしいね。私が見たときは君、逆に破落戸《ごろつき》からむしりとってたけどね。問答無用に金十両巻き上げてて、他に何かを盗《と》られた様子はなかったけど」

影月は出された茶を噴《ふ》きだした。

「金十両⁉　ぼ、僕が⁉」

「やっぱりそれも覚えてないのか。お財布《さいふ》に入ってなかったかい？」

「それどころか、なんか、前よりかなり減ってたんですけど……」

絳攸は呆れたように影月を見た。

「いったい、どういうカラクリなんだ、お前は？」

「……はあ、す、すみません……」

「何の前触《まえぶ》れもなく突然《とつぜん》、もう一人のお前がでるのか？」

やけに熱心に劉輝が訊《き》く。影月は言いにくそうに口ごもった。

「あ、いいえ。あることをしなければ」

「あること？」

「ちょっと！　いい加減になさいよ。今はそれどころじゃないでしょう」

さっきのやりとりが尾《お》を引いているのか、劉輝に対する秀麗の目は冷たい。

「秀麗、今度魚を届けさせるから機嫌《きげん》を直してくれ」

「なんで魚！」

「骨まで食べるとイライラがおさまるらしい。ブリとか、今が旬《しゅん》だ。おいしいブリ菜《りょうり》をつくったら、余もちょっとでいいから呼んでくれ」

秀麗はガックリと肩《かた》を落とした。天然で気を抜《ぬ》かせる術では、この男は人後に落ちない。

「……札《ふだ》、とか言ってたわよね」

「え、と——はい。木簡…です」

なぜか言いにくそうで、影月はそれ以上詳しいことを言わなかった。

しかし男性陣《じん》は一斉に顔色を変えた。

「……大事な木簡、ね」

楸瑛がゆっくりと繰《く》り返す。影月は神妙《しんみょう》に頷《うなず》いた。

「は、はい。それ目当てに僕を襲《おそ》ってきた…らしくて。たくさん集めてるっていってましたから、……もしかしたら他《ほか》の人も盗られたりしてるのかも……。その、単なる木の札なんですけど、ちょっとただの木簡じゃないっていうか」

「集めてるだと？」

絳攸は血相を変えた。

「本当か⁉」

「はい。さっきの人たちがそう言って——」

そのときだった。カタリと音がして、静蘭、劉輝、楸瑛が一斉に扉《とびら》に顔を向けた。

「藍様、大丈夫。うちの者だよ。——用はなんだい」

胡蝶の厳しい声に、秀麗が首を傾げた。

（……さっきも思ったけど、なんか胡蝶妓《ねえ》さん、いつもと感じが違うような）

扉ごしに低い男の声が続く。

「青巾《せいきん》党のやつが一人、裏から入ってきました」

「……裏？　あいつらは新参者の集まりだろう。なぜここの裏口を知ってるんだい」

「それが——よく秀麗お嬢《じよう》さんを訪ねてくるガキで。午《ひる》も姐《あね》さんに追い払《はら》われた小僧《こぞう》です」

秀麗と胡蝶は顔を見合わせた。

「……まさか、三太……？」

秀麗は午の慶張の姿を思い出した。金一両とんで銀五十両のなかに、青絹布《せいけんぷ》銀一両が確かに含《ふく》まれていた。今考えてみれば——位置は腰《こし》。

胡蝶は深くため息をついた。

「——連れてきな。とりあえず今ンとこは、丁重にね」


「——っこのバカ三太！　なんだってそんなのに加わったのよあんたは!!」

おどおどと現れた王慶張の話に、秀麗は激怒《げきど》した。

「う、うるせー」

「うるさくもなるわよ！」

ガミガミ叱《しか》られている慶張を横目に、楸瑛はこっそり静蘭に訊いた。

「……あの二人、どういう関係だい？」

そこは劉輝としても大いに気になるところだ。思わず姿勢を正して、静蘭の言葉に聞き入ってしまう。

「幼なじみのようなものです。商家の三男坊《ぼう》で、昔からお嬢様にちょっかいかけて追い払うのに手こずりました。一度は冬の川に放《ほう》りこんだりもしたんですが――まさかまだ、近くをうろちょろしてたとは」

言葉の裏に棘《とげ》がある。静蘭本来の性格の一端《いったん》を知る劉輝は、一人背筋を寒くした。……慶張という少年はずいぶん根性《こんじょう》がある。この兄の妨害《ぼうがい》工作にもめげないとは、なんとあっぱれな。

一方、秀麗は逆ギレた慶張に一転、問いつめられはじめた。

「……なあ、あの男どもダレだよ」

顔見知りの静蘭はともかく、他にもやけに綺羅《きら》綺羅しい男たちが並んでいるのを見て、慶張はなぜか腹を立てたようだった。

「私の知人よ！」

秀麗は問答無用でビシッとデコピンをくらわせた。

「まったく、そんなのどうでもいいじゃないのよ」

「よくねぇ！　お前騙《だま》されてんじゃねーのか⁉　あーゆー男はたいてい顔だけなんだぞ！　遊ばれてポイで泣き見るのはお前なんだぞ！　あっ、まさか金に困ってついに妓女《ぎじょ》やるんじゃねーだろな⁉　馬鹿やめろそんくらいならオレが身請《みう》けしてやるから早まんな！」

顔だけ呼ばわりの男性陣の反応はバラバラだ。

楸瑛はすぐにピンときて胡蝶と目を見交《みか》わし、絳攸はあまりの馬鹿《ばか》馬鹿しさに押し黙《だま》った。

劉輝ひとりが「お前」などという親しげな呼称《こしよう》にムッとし、自分は「秀麗の別れた前の旦那さん（未練あり）」だと名乗りを上げようとした。

しかし秀麗の反応が一番早かった。すかさずデコピンを三連打でくらわせて叱る。

「くだんない馬鹿話で横道そらそうったってそうはいかないわよバカ三太！　バカだバカだと思ってたけど、ここまでとは思わなかったわ！　昨夜因縁《ゆうべいんねん》つけられなければ影月くんは記憶も路銀も木簡もなくさなかったのよ。影月くんのお金はね、あんたと違って親からノホホンと与《あた》えられたものじゃないのよ。郷里のみんなが、少しずつ蓄《たくわ》えを削《けず》って出してくれたお金なんですって。あんたはそういうのを平気でふんだくる最低な奴《やつ》の仲間に成り下がったのよ！」

慶張は返す言葉もなく、ぐっと口をつぐんだ。うつむく幼なじみに、秀麗はため息をついた。

「安心したわ。罪悪感はまだ残ってるみたいね。さ、話しなさいよ」

「……俺、青巾党のやつらにとっつかまったんだ。酒楼《しゆろう》で飲んで出てきたら、いきなり囲まれてさ。金を盗られたあと、『こいつは使えそうだ』って言われて。そのまま青巾党の根城に連れてかれて」

「何でお役人に言わなかったのよ」

「……よく働けば、党の幹部にしてやるって」

秀麗は今度こそ呆《あき》れ返った。

「あんた、破落戸《ごろつき》の幹部になりたかったの？」

「……ハクがつくじゃんか」

「ハク!? そんなもんつけてどうするってのよ」

「強くなって、見返せる」

ちらりと静蘭に視線をやる。それだけで秀麗と劉輝以外の全員が、事の次第《しだい》を理解した。

「俺、イイとこのボンボンてことしか取り柄《え》ないじゃん」

「よくわかってんじゃないの」

「……だからさ、好きな女に、こう、威張《いば》れて尊敬されるものを持ちたかったたっつーか。ついでに恋敵《こいがたき》を、見返したかったたっつーか」

この時点で、さすがの鈍い劉輝もようやく真相を悟《さと》った。

「はぁ？ 何言ってんの」

まるでわかってないのは残すところ本命一人だ。

秀麗以外の視線が静蘭に集中する。静蘭はげんなりと眉間《みけん》を押さえた。

「どこの娘《むすめ》が好きだか知らないけど、あんたそれかなり的はずれな考えよ。少なくとも私だったら『破落戸の幹部になったぜウワハハハすげーだろ』って言われたら即縁《そくえん》切るわね！」

「…………………そっか」

これは、相手が悪い。誰《だれ》もが慶張に同情した。

「で？ 破落戸の片棒かついで、強くなったわけ？ その恋敵見返せそうなわけ？」

厳しい秀麗の指摘《してき》に、慶張は力無く首を振《ふ》った。

「……でしょうね。さんざんしぼりとられて利用されてポイよ。だいたい、なんだってよりによって今の時期に、そんなとこに入ろうとか思うわけ？　下手したら十把《じっぱ》一絡《ひとから》げに親分衆に始末されてスマキで川にドボンだなとか、考えなかったわけ？」

「親分衆？」

　まるで裏社会の仕組みをわかってない慶張の鈍い反応に、さすがの胡蝶も呆れ顔だ。

「……だからノコノコとこんな時期に青巾党に入っちまったのかい。その歳《とし》まで貴陽に住んでて、まったく幸せなヤツだねぇ。ほんと、大切に育てられた坊《ぼっ》ちゃんだね」

「そうよ。あんたなんて、どこまでいったってイイとこの坊にしかなれないんだから。いいじゃないのよそれで。ボンボン道貫《つらぬ》いてみなさいよ」

　わけのわからない慰《なぐさ》めである。

「それに取り柄ないっていったけど、ここに知らせにきてくれるだけの勇気、ちゃんとあったじゃない。幼なじみの言葉よ。信用なさいよ」

　劉輝も何やらしみじみ頷《うなず》いた。

「うむ。それに根性もある。兄う――いや、この静蘭を相手に長年踏《ふ》ん張れる者は、ちょっといないぞ」

　数拍《すうはく》おいて、慶張はこくりと頷いた。そして影月を見る。

「……その、悪かったな」

「はい。それで慶張さん、僕の木簡、青巾党の根城ってとこにあるんですか？」

「近くで見たことはねぇから、お前のがあるかどうかまではわかんねぇけど、ヘンな木簡なら確かにたくさんあったぜ。でもあいつら、ここに拠点《きょてん》移すつもりらしかったから――」

楸瑛が確認《かくにん》するように言を継《つ》いだ。

「今夜、木簡持参でここに引っ越《こ》しにくるわけか？」

「そ、そうだよ。だから早く逃《に》げ――」

「好都合だ」

絳攸の不敵な言葉に楸瑛が頷くと、胡蝶が嫌《いや》な顔をした。

「ちょっと藍様、まさか手を出すつもりじゃないだろうね。あれはあたしらの獲物《えもの》だよ。下街の不文律、破るつもりかい」

「事情が変わった。『組連』だけに任せておけない。できれば預けてほしいんだが……」

「無理だね。落とし前はキッチリつけないと、ケジメにならない」

「じゃ、こちらの目的のものを取り戻《もど》すまでという条件では？　手伝えとは言わないし、正面切っての相手はそっちに任せる」

胡蝶はしなやかな指先を形のよい顎《あご》に当てた。

「……まあいいだろ。どうせ泳がしてもあと数日と思ってたところだ。まさか向こうさんからくるとは思わなかったけどね」

「こ、胡蝶妓《ねえ》さん？」

やっぱり何かが違《ちが》う。これはいつもの婀娜《あだ》っぽい胡蝶ではない。

戸惑《とまど》いを隠《かく》せない秀麗の様子に気づいて、楸瑛が胡蝶を見た。胡蝶は仕方ないというように、ひとつ頷く。

「……秀麗殿《どの》、胡蝶は『組連』の親分衆の一人で、花街の妓女たちを束ねる頭《かしら》なんだ。組連を陰《かげ》で牛耳《ぎゅうじ》る女傑《じょけつ》と言われている」

予想外の答えに、秀麗と影月は絶句した。

「ひどい言いようだね、藍様」

蛾眉《がび》を寄せた胡蝶の横で、聞こえよがしに楸瑛がささやいた。

「あながち間違いじゃないさ。なにしろ彼女が一声かければ、親分衆でも全妓楼《ぎろう》への立ち入りを禁じられてしまうからね」


「慶張の野郎《やろう》、逃げやがったか。せっかくの門出《かどで》にケチがついたぜ」

青巾《せいきん》党頭目を名乗る大男は、ぞくぞくと集まってきた配下を従え、豪奢《ごうしゃ》な楼を見上げた。

「まあいい、ただの財布《さいふ》だったしな。当分はあの札でさんざん稼《かせ》げる。そのあとの金づるはこでつくりゃあいい」

舌なめずりをする頭目に、子分の一人が不安そうに辺りを見回した。

「お頭……なんか、やけに辺りが静かじゃないっすか」

「ビビってんだろ。まったくこれが王都の裏ってんだから呆れらぁな」

鼻で笑うと、頭目は拳《こぶし》を振り上げた。

「——野郎ども、行くぜぇ!!」

胴間声《どうまごえ》につられたように、子分の面々は雄叫《おたけ》びを上げて妓楼に突進《とっしん》した。しんとした庭院《にわ》を駆《か》け、門扉《もんぴ》を叩《たた》き割って建物の内部へ突《つ》っ込む。しかし。

「——そこまでだよ！」

あでやかな声が朗々と響《ひび》いた。

思わず頭目が足を止めた。

「よくおいでだねぇ、この恥知《はじし》らずどもが。甘い顔してりゃつけあがって」

目も綾《あや》な衣装《いしょう》をまとい、堂々と立っていたのは迫力《はくりょく》の美女。背後にはずらりと屈強《くっきょう》な男たちが控《ひか》えている。その数は青巾党の比ではなかった。

「ここに踏み込んだことを後悔《こうかい》おし。うちの縄張《シマ》りでさんざん好き放題してくれた報《むく》いだ、手加減はしないよ。今夜は貴陽の親分衆が勢揃《せいぞろ》いでここを囲んでる。クズには過ぎたもてなしだが——一人も逃《のが》さないからそう思いな」

あでやかな微笑みとともに、白魚《しらうお》のような繊手《せんしゅ》がしなやかに上がる。

「さあ——やっちまいな！」

胡蝶配下の男たちは雪崩《なだれ》をうって青巾党に躍《おど》りかかった。

「……ま、まさか胡蝶妓さんが親分衆の一人だったなんて」

「良かったぁああ俺お誘《さそ》いのんなくて」

「バカね三太。胡蝶妓さんがあんたなんか相手にするもんですか」

「こら、静かにしろ」

絳攸の叱責《しっせき》が飛ぶ。非武装派四人（秀麗・絳攸・影月・慶張）は、賢明《けんめい》にも酒樽《さかだる》の陰からなりゆきを見守っていた。ちなみに武装派三人（劉輝・静蘭・楸瑛）は木箇探しに勤《いそ》しみつつも、遠慮会釈なく青巾党をのしている。傍《はた》から見れば、まるで竜巻《たつまき》のようだった。

「誰にも何かしら取柄《とりえ》はあるもんだ」

見ていた絳攸がかなり失礼なことを言った。

「……や、っぱり僕も行きます」

影月は酒樽から身を乗りだした。

「大切なものなんです。あれがなければ、貴陽にきた意味がない――自分で探したいんです」

絳攸は影月を見下ろした。まったく外見に似ず強情《ごうじょう》な少年だ。けれど、その気持ちも絳攸にはよくわかった。同時に、その意志の強さを誇《ほこ》らしくも思う。

「お前、喧嘩《けんか》はできるのか？」

「……で、できません。すごく弱いです」

「俺も弱い。伸《の》びてる破落戸《ごろつき》の懐《ふところ》を探《さぐ》るくらいしかできないぞ。あんまり期待するなよ」

影月の顔がパッと輝《かがや》いた。

「秀麗も一緒《いっしょ》にこい。とりあえずお前と影月は俺の目の届くところにいろ」

「あ、は、はい」

「え⁉　お、俺は⁉」

慶張の情けない声を、絳攸はつれなく切り捨てた。

「きたきゃ勝手にこい。お前は知らん」

「行くよ！　置いてかないでくれよー。俺も弱いんだよー」

「じゃ、いざとなったらみんなで死んだフリしましょう！」

影月の真剣《しんけん》な提案に、絳攸と秀麗は思わず噴《ふ》きだした。肩《かた》の力が抜《ぬ》ける。

「悪くない」

そうして四人は這《は》うように物陰《ものかげ》から出た。


「こ、こんな……こんなはずは」

青巾党頭目は室の隅《すみ》に隠れてガタガタ震《ふる》えていた。まるで紙人形のように手下たちが倒《たお》されていく。頭目は命綱《いのちづな》にすがる気持ちで布袋《ぬのぶくろ》を握《にぎ》りしめた。

「こ、これさえありゃあ金の心配はねぇ。まずはここを出ねぇと」

ふと視界の片隅《かたすみ》に妙《みょう》なものが映った。女子供が何やらごそごそと気絶した手下の懐をさぐっている。なんでここに——と思った瞬間《しゅんかん》、回りの悪い頭に名案が閃《ひらめ》いた。

頭目はニヤリと口端《くちはし》をつりあげた。

「きゃあ!?」

いきなり襟《えり》を摑《つか》んで引きずられ、秀麗は悲鳴を上げた。振《ふ》り向くと凶悪《きょうあく》そうな大男がいる。

秀麗は青ざめた。とんでもないやつに捕《つか》まってしまった。

「こい！　てめぇ人質《ひとじち》にして逃げ切ってやる！」

「秀麗！」

「秀麗さん！」

近くにいた慶張と影月が叫《さけ》ぶ。頭目格の大男は、慶張の顔を見つけて激怒《げきど》した。

「てめぇか！　密告《ちく》りやがったのは」

「うわすみませ…じゃなかった。しゅしゅ秀麗をはは放せ！」

震えながら、慶張は頭目の腕《うで》にかみついた。勇気は買うが、効果のない戦法だった。

「このクソガキどもが！」

案の定、腕の一振《ひとふ》りで吹っ飛ばされ、壁《かべ》に叩きつけられて慶張はあえなく失神した。同じく影月も殴《なぐ》り飛ばされたが、こっちは室の隅にあった酒樽に蓋《ふた》を突き破ってまともにつっこんだ。

バシャン——という音とともにムッとするような酒の匂《にお》いが漂《ただよ》う。

しかし二人の頑張《がんば》りは無駄《むだ》ではなかった。気の逸《そ》れた一瞬を見逃《みのが》さず、絳攸が護身用の短刀で頭目の臑《すね》を斬り払《はら》う。

「ぎゃっ」

頭目が思わず秀麗を手放すと、絳攸は秀麗を胸に抱《だ》き込み、かばうように床《ゆか》に押しつけた。

「絳攸様!?」

「黙《だま》ってろ！　俺にできるのはこれくらいだ」

「こ、こここの野郎っ！」

秀麗と絳攸は思わず目をつぶった。しかし、くるかと思った一撃《いちげき》は、いつまでたっても訪《おとず》れなかった。かわりに驚《おどろ》き混じりの悲鳴と、何かが床に叩きつけられるような重い音が耳に届く。

おそるおそる二人が顔を上げると、昏倒《こんとう》している大男の背後に、小さな人影《ひとかげ》があった。

「影月くん……」

彼は水滴《すいてき》がしたたる指で、はりついた前髪《まえがみ》を無造作にかきあげた。

「……まあ、この前の安酒よりはずいぶんマシか。貴陽一の妓楼ってのは伊達《だて》じゃないみたいだな。それにしてもオレを殴り飛ばすとはいい度胸だな？　おい」

自分の体重の軽く三倍はありそうな頭目を軽々蹴《け》り飛ばすのは、間違《まちが》いなく影月である。しかし口調が違う。むしろ人相も違う。人の好《よ》さを反映してやや下がりがちだった目尻《めじり》が、今は猫《ねこ》のようにつり上がっていた。

「……え、影月くん？」

影月と呼ばれて視線をこちらへ向けた少年は、じっと秀麗を見つめた。

「逃《に》げるならさっさと逃げたらどうだ？」

「本当に影月くん？　性格違うわよ!?」

「わめくな。オレは陽月《ようげつ》だ。事前情報はあったろが」

影月――ではなく陽月、は、そう言い捨てる。

「……楸瑛が見たのはこっちか」

さすがの絳攸も唖然《あぜん》とした。そしてちらりと倒れた酒樽を見る。

「酒か」

そのとき、頭目がよろよろと立ちあがった。

「て、てめぇか！　飲み比べでふざけたことしやがった小僧《こぞう》は！」

「貴様らがオレに安酒呑《の》ませたんだろうが。あいにくオレは影月と違ってザルでな」

ふっと陽月の姿がかき消えた。と思うと頭目の懐《ふところ》奥に現れ、目にも止まらぬ早業《はやわざ》で続けざまに鳩尾《みぞおち》に拳を叩きこんだ。

「……それに、オレは影月と違って、強いぜ」

ズン――と重い音をたてて、頭目が血反吐《ちへど》を撒《ま》きつつ床に倒れた。今度こそ白目を剝《む》いた男は、ぴくりとも動かなくなる。と同時に、失神した大男の衣《ころも》の袷《あわせ》から、汚《よご》れた袋《ふくろ》がゴロリとこぼれた。開いた袋の口から散らばり落ちた木簡を見て、絳攸が叫んだ。

「あった――これだ！　拾え秀麗！」

「え――こ、れって――！」

木簡を見た秀麗は血相を変えた。これは……これは、大変なものだ！

すぐに這いつくばり、ばらまかれた木簡を集めにかかる。

「ちょっと冗談《じょうだん》じゃないわよ青巾党《せいきんとう》！」

「おい女……もう少し周りに気をつけろ」

「へ？」

木簡をまた一つ拾った瞬間、陽月の声がして、秀麗の身体《からだ》はふわりと浮《う》いた。次いで視界が反転する。豪華《ごうか》な飾《かざ》り天井《てんじょう》の手前、今まさに秀麗に背後から襲いかかろうとしていた破落戸が数人吹っ飛ぶのが視界の隅に映った。

（え――？）

気づいた時には秀麗は少年の両腕《りょううで》におさまっていた。さほど変わらない背丈《せたけ》の秀麗を軽々と抱《かか》え、陽月は羽根のように軽々と着地する。

秀麗たちの異変に気づいて駆《か》けつけてきた武装派三人衆は、少年のあまりの変貌《へんぼう》ぶりに絶句した。彼らも、影月が大男どもを殴り飛ばすところを、バッチリ見ていたのだ。

「特別だ。二度は期待するな。それと、影月の木簡は、ここにはないぜ」

やや乱暴に秀麗をおろすと、だるそうにこめかみを揉《も》みほぐす。

「上物とはいえ、飲んだのがあれっぽっちじゃな。……くそ、酒が切れた」

呆然《ぼうぜん》とする一同をしりめに、ひとり毒づいた影月は、ちっと舌打ちしてそのまま倒れた。

「え、影月くん!?」

慌《あわ》ててのぞきこむと、すこやかな寝息《ねいき》が聞こえてきた。

「……噂《うわさ》通り見事な腕だったねぇ」

すっかり片が付くと、胡蝶が屍《しし》々累《るいるい》々の男たちを踏《ふ》み越《こ》えて近寄ってきた。

「起きたぼうや見たときは人違いかと思ったけど、鮮《あざ》やかなもんじゃないか」

「おうよ。まったくだ」

応じた声に覚えがない。劉輝たちが振り返ると、見る影もなく叩《たた》き壊《こわ》された門扉《もんぴ》から、一目でそれとわかる風格を備えた壮年《そうねん》の男たちが入ってきた。

「ハナシを聞いたときゃ眉唾《まゆつば》かと思ったが、なかなかどうしてやるじゃねぇか」

一人が言えば、もう一人が楽しげに肩を揺《ゆ》すって笑う。

「おお。あの小僧は、俺の組がもらう」

「ふざけんな。こっちが先に目をつけたんだ」

「馬鹿野郎《ばかやろう》。ありゃあオレ様が育てる。てめぇらなんかにくれてやるかってんだ」

気色ばむ親分たちの間を縫《ぬ》って、劉輝が眠《ねむ》りこける影月の許《もと》へ近づいた。

「……残念だが、彼はこちらに先約がある。あきらめてくれ」

きっぱりとした言葉に、親分たちが一斉《いっせい》に振り向いた。どれも向かい合うだけで根こそぎ気力を使い果たしそうな威圧感《いあっかん》の持ち主ばかりだったが、劉輝はまったく動じなかった。

「誰《だれ》だてめぇ。見たことねぇ面《つら》だな」

「うむ。初めましてだからな」

「ガハハ。おいおめぇ、なかなかどうして面の皮が厚いじゃねぇか」

そして次の瞬間、大笑いした親分が問答無用で拳《こぶし》をくりだした。すかさず庇《かば》うように一歩踏みこんだ楸瑛を、劉輝が片手で制する。劉輝は避《よ》けなかった。

顔面すれすれで止まった拳を、瞬《まばた》きもせず見つめる。風圧でふわりと前髪が浮いた。

親分はニヤリと笑った。

「――おもしれぇ、てめぇ、名は」

「劉輝。紫劉輝だ」

一瞬のぽかんとした間をおいて、大爆笑《だいばくしょう》が起こった。

「王様とおんなじ名だってか！」

「そりゃあ従わなきゃなんねぇなあ。けどよ、こいつに目をつけたのは俺たちが先だぜ」

劉輝は微笑《ほほえ》むと、絳攸から受けとった木簡を親分衆に差し出した。

「いいや。影月は、これを受けとったときから余が『目をつけて』いたのだ」

差し出された木簡の字を見て、親分衆はどよめいた。

「――会試の受験札!?」

言うまでもなく、会試は事実上の国試最終試験である。

「こんなガキが会試受験者!?　いやそれより――ちくしょう青巾党の奴《やつ》ら！」

「……今度はもう少し早く、重い腰《こし》をあげてほしいな」

楸瑛の言葉に、親分衆が一様に声を失う。その沈黙《ちんもく》に乗じて劉輝が言葉をついだ。

「おかげでこちらは、とんだとばっちりをくうところだった。まさか受験者にとって命より大切な受験札を奪《うば》って恐喝《きょうかつ》していたとは――よく灸《きゅう》を据《す》えるのだぞ」

それまでじっと黙っていた白髪《はくはつ》の親分が進み出た。

「――我々に、落とし前をつけさせて頂けるのですかな」

「それが筋だろう?」

応《こた》えた劉輝に楸瑛が無言で同意を示す。

親分たちは、改めて顔なじみの将軍を眺《なが》めやった。この傑物《けつぶつ》と名高い藍家の切れ者が、いつでも剣《けん》に手をかけられる体勢で佇《たたず》むのを見て、まさか、と再び目の前の青年を値踏《ねぶ》みする。

――藍楸瑛が一歩退き、守るべき者と認めた相手。

「あなたの座る椅子《いす》のために、下げる頭はありませんぞ」

総白髪の親分が、試《ため》すように言う。劉輝はごく自然に頬《ほお》を緩《ゆる》めた。

「――余自身か」

ふ、と白髭《ひげ》をしごいて、親分は笑った。

「さよう。我々の失態が生んだ穴を、取り返しのつかなくなる前に埋《う》めてくださったあなたに対して。そして取り決めを守れなかったことへの、心からの詫《わ》びを」

白髪の親分の言葉をしおに、胡蝶を含《ふく》めた親分たちが、一斉に膝《ひざ》をつき、頭を垂れた。それはまったく威風堂々とした謝罪だった。

「……下街を、掌握《しょうあく》したか」

呟《つぶや》いた絳攸に頷《うなず》いて、楸瑛はようやく剣の柄《つか》から手を離《はな》した。

「今日のところは組連へ貸しひとつということだ。だがとりあえずは、契《ちぎ》りを交《か》わすに足る相手と認められたんだろう。瓢簞《ひょうたん》から駒《こま》だな」

そのとき、石床《ゆか》に倒《たお》れていた影月の瞼《まぶた》が震《ふる》えた。ゆっくりと目を開けた彼は、劉輝がもつ木簡に気づいて跳《は》ね起きた。

「それ――僕の受験札⁉」

「……じゃ、ない。秀麗、見つかったか？」

一連の親分たちとのやりとりの間も、血眼《ちまなこ》でずっと木簡を調べていた秀麗は、がっくりと肩《かた》を落とした。

「……ないわ。もう一人の影月くんがここにはないって言ってたんだけど、どこにあるか言う前に寝ちゃったから……」

しん――と沈黙が落ちた。

影月は拳を握《にぎ》りしめると、ふらふらと部屋の隅《すみ》の酒樽《さかだる》に向かって歩き出した。

「影月くん⁉」

「お酒呑《の》みます！　陽月出しますから、どこへやったか訊《き》いてください‼」

「ええ⁉　だってあなたお酒弱いんでしょ、だめよそんなの‼」

とんでいって影月を羽交い締《し》めた秀麗に、影月が語気荒《あら》く言い返した。

「あれは再発行不可なんです！　見つけないと――放してください秀麗さん！」

「知ってる、知ってるけど！　気持ちだってよくわかるけど、せめて明日！」

「あの～すみません」

もみ合っているさなか、妙《みょう》に場違《ばち》いな、のんびりした声が聞こえてきた。

振《ふ》り返ると、ごま塩頭を上品になでつけた気のよさそうな男が、壊れた扉《とびら》の向こうにいた。

「あ。三太のお父…いえ、王旦那《だんな》!?」

「おや秀麗さん。お久しぶりですね。うちの馬鹿息子《ばかむすこ》がいつもお世話になっております」

商人らしい愛想《あいそ》笑いが、なりゆきを見守っていた胡蝶たちにも向けられる。

「おやおや、胡蝶さんから親分方までお揃《そろ》いで。何やら、凄《すご》いことになってるようですが……ええと、こちらに杜影月さんはいらっしゃいますか」

「え？　ぼ、僕です」

「そうそう、あなた。お約束通りお届けに参りました。姮娥楼に本日深夜――でしたね。昨夜はご注文ありがとうございました。かなりの値打ちものなので、主人の私が直《じか》にお届けに」

「え？　え？」

いったい何が起こっているのやら。影月は事態が飲み込めず、目を白黒させている。

「おや、昨夜と少し感じが違いますね。さて、これもお返しいたしましょう。史上最年少で州試及第《きゅうだい》なさった優秀《ゆうしゅう》な坊《ぼっ》ちゃんに、うちをご利用頂けるとは光栄の至りでございます」

王旦那がひょいと差し出したのは、薄汚《うすよご》れた一枚の木簡。

三拍《ぱく》の沈黙ののち、影月は文字通り飛び上がった。

「ぼ、僕の受験札――――っっ⁉　こ、これ陽月、いえ僕が⁉」

「お忘れで？　全額前払《まえばら》いですから担保は不要と申しましたのに『ちっと暴れすぎた。色々面《めん》倒《どう》が起こりそうだ。どさくさで失《な》くしかねないトロイやつだから、こいつは酒と一緒《いっしょ》に届けてくれ。そうだな、貴陽一の妓楼《ぎろう》に、明日の夜遅《おそ》くでいい』とおっしゃったじゃありませんか」

目には見えない冷たい風が一陣《じん》、その場を吹《ふ》き抜《ぬ》けた。が、王旦那だけはそれに気づかず、にこにことつづけた。

「ひょっとして前祝いで？　いやお目が高い。これは王様でも滅多《めった》に口にできない最高級のお品ですよ。一本金十両とんで銀三十両。お値段も張りますので、滅多にでないんですが――」

「……ぎ、銀三十……そ、そうですか……」

影月の乾《かわ》いた声で、秀麗たちはそれが影月がもともともっていた路銀の額だと察した。

つまり「もう一人の影月」は、破落戸《ごろつき》からふんだくった金十両と影月自身の路銀まで豪快《ごうかい》に使いこんで、この超《ちょう》高級酒一本に変換《へんかん》してしまったというわけだ。何ともはた迷惑《めいわく》な別人格だった。

「あ、そこで寝トボケてるうちの三男坊《ぼう》が起きたら、自分の足で歩いて帰ってくるよう言って下さいまし。ではこれからも王商家をどうぞご贔屓《ひいき》に」

笑顔《えがお》のままスパッと息子に厳しいことを言い捨てて、王旦那は意気《いき》揚々《ようよう》と帰って行った。

あとには極上《ごくじょう》の酒樽と、キツネにつままれたような影月たちが残された。

「――杜影月、黒州西華《せいか》村出身、後見は水鏡道寺《すいきょうどうじ》。十二歳で黒州州試首席突破《とっぱ》、今年十三歳で会試に臨《のぞ》む――」

気が抜けきってへたり込んでいた影月は、驚《おどろ》いて頭を上げた。

劉輝はまだ幼さの残る少年の顔の前へ、ゆっくりと手を差しのべた。

「札が戻《もど》ってきて良かった。――見事及第《きゅうだい》し、余のもとへこい」

「……あなたは」

影月はつづく言葉を飲み込み、ただハイとだけ頷いた。


「おお、終わったようじゃのう」

姮娥楼の最上階――のそのまた上、瑠璃瓦《るりがわら》のつらなる大屋根の天辺《てっぺん》から、霄太師はひょいと下の騒《さわ》ぎをのぞきこんだ。

緩やかな傾斜《けいしゃ》とはいえ、つるりとすべったら真っ逆さまに落っこちて、文字通り肉団子になりかねないというのに、この老人はいたって気楽なものである。

そばで酒杯《しゅはい》をあおっていたもう一人の老人が、すかさずそこへ足払《あしばら》いをかけたが、霄太師はうしろ向きのまま、その攻撃《こうげき》をひらりと避《よ》けた。

「危ないのう。落ちたらどうするんじゃ黄葉《こうよう》」

「落とそうと思ってやったんじゃから避けるな！　うまく落ちて潰《つぶ》れたら、わしが色々人体実験…じゃのうて、手厚く看病してやるから心配するな」

「嘘《うそ》つくな。なんつう凶悪《きょうあく》な医者じゃ」

「飲みに付き合ってやるだけ感謝しろい。こっちだってお前なんぞと飲みたかないわ」

「なんじゃと藪《やぶ》医者。文句いうなら酒代返せ」

「んじゃもってきた梅饅頭《まんじゅう》返せ」

バチバチッとじじいの間で火花が散った。同時にぷいとそっぽを向く。

しばらく背中合わせに黙々《もくもく》と酒を呑《の》んでいた二人だったが、ややあって葉医師が訊いた。

「……どれくらい時間が？」

「あんまりないのう」

そうか、と葉医師は呟き、降るような星昊《ほしぞら》をぽっかりと眺めた。

霄太師は無言で酒をあおりつづける。

「……それにしても変われば変わるものだな紫霄。お前が人を好きになるとは」

「嫌《きら》いだよ」

言い返した声が若い。葉医師は子供のように笑った。その声もまた、青年のように若く。

「でもあれから長い長い時が過ぎた。例外ができたことくらい、お互《たが》い認めてもいいだろ」

応《こた》えがないことが答えだ。葉医師は続けた。

「……八仙《はっせん》、そろうと思うか」

「どうかのう。寝っぱなしのやつもおるから」

「まあそれもまた良し。とりあえず、こうして酒が呑めるだけでな」

粋《いき》な仕種《しぐさ》で酒杯をあおった昔馴染《むかしなじ》みを眺《なが》めながら、霄太師はぼそりとひとりごちた。

「……呑みすぎだ黄葉。お前、それ誰《だれ》の酒だと思ってる……」

終

「――まさかあのボーヤが会試受験者さんだったとはねぇ」

姮娥楼に最後の賃仕事にやってきた秀麗は、算盤《そろばん》を弾《はじ》きながらため息をついた。

「まったくです。しかも十二歳で州試を首席及第なんて……絳攸様以上の才子かも」

道理で木簡探しに必死だったわけだ。

「それにしても変わったコだねぇ。お酒が入ると人格が変わっちまうなんて。あれから結局、秀麗ちゃん家《ち》じゃなくて安宿に泊《と》まってるんだって？」

「ええ。藍将軍にお酒を買っていただいたからって、言い張って出て行っちゃいました。迷惑料まで置いてこうとしたんで怒鳴《どな》って突《つ》っ返しましたけど」

「律儀《りちぎ》な坊やだねぇ」

「……胡蝶妓《ねえ》さん、あの日の客の一人が主上だったってことには驚かないんですか？」

「なんとなく見当ついてたからね。藍様に敬語使わせる二十《はたち》そこそこの男っていったら、一人しか思いうかばない」

さすがの人間観察眼だ。内心舌を巻く秀麗に、

「ああ、今日で最後の賃仕事だろ、秀麗ちゃん」

「え？」

振り向いた秀麗は、しなやかな指で顎《あご》を挟《はさ》まれてジタバタする。

「こ、胡蝶妓さん？」

「贈《おく》り物があるって言ったろう。お化粧《けしょう》の仕方と化粧道具一式さ。それぞれの妓楼の最高位の妓女たちからひとつずつ預かってきたからね、どれも最高級品だよ。大切におし」

「え!?　い、いえそんな、お化粧なんて」

「おぼえとくといい。化粧は女の戦装束《いくさしょうぞく》。戦いに赴《おもむ》くときには必ずしてきな。――そうすれば、絶対に泣けない」

秀麗はハッと胡蝶を見た。

胡蝶はしなやかな手つきで秀麗に薄《うす》く化粧を施《ほどこ》していく。

「泣いたら化粧がくずれる。どんなに薄化粧でも、そりゃあみっともない顔になる。だからどんなにつらくても泣けなくなるのさ」

「…………」

「行くんだろ。戦いに。たった一人で」

秀麗の喉《のど》が小さく上下する。

「おいき。頑張《がんば》っておいで。あんたの勇気と決意を、あたしは誇《ほこ》りに思うよ」

「……胡蝶ねえさ」

「ほら、泣くんじゃないよ。まったく、この胡蝶の情報網《もう》を甘くみんじゃないよ。去年の春や夏とは違《ちが》う——長の暇乞《いとまご》いだって最初ッからわかってたさ。でも……つらかったらいつだって戻っておいで」

「そ…やって甘やかしてくれるから、言え…なか…ッ」

「バカだね。そうして自分から足下削《あしもとけず》っちまったら、最後は立つことさえできなくなっちまうじゃないか。いつだって帰っておいで。あたしのかわいい娘《むすめ》」

「ふぇ……」

「ほら、泣くんじゃないって。いいかい、何を言われたって、女であることに誇りをもちな。男と同舞台《ぶたい》に上がっても、男になるんじゃない。あんたは女として、男にできないことをしに行くんだ。大丈夫《だいじょうぶ》。あんたがどんなに頑張りやさんか、あたしらはよっく知ってる」

胡蝶は秀麗の両瞼《まぶた》にそっと口づけた。艶《つや》やかな紅唇《こうしん》から笑みがこぼれる。

「誰かにいじめられたら胡蝶に言いな。その男が花街にきたら、散々な目に遭《あ》わして叩《たた》きだしてあげるからね」

「ふ……胡蝶妓さんが言うと洒落《しゃれ》にならない」

「そりゃ本気だからね。さ、しゃんと背筋のばして、顔をお上げ」

一生懸命《いっしょうけんめい》に顔をあげた秀麗に、にっこりと胡蝶は微笑《ほほえ》んだ。

「――行っておいで。あんたはきっと、いい女になるよ」


騒動から数日後――秀麗は会試受験者に事前に開かれる予備宿舎前にきていた。

落ち着かないざわめきや不躾《ぶしつけ》な視線のなか、けれど秀麗は決してうつむかなかった。

「――やっぱり、あなただったんですね。たった一人の、女性受験者さんて」

秀麗はその声に振《ふ》り返った。

「……影月くん」

「そうじゃないかって、思ってました。あはは、なんか、お互い珍獣扱《ちんじゅうあつか》いですねー……」

さらに大きくなった周囲の囁《ささや》き声に、居心地《いごこち》悪そうに影月が苦笑いする。

不意に、人垣《ひとがき》の向こうで別のざわめきが起こった。

「……また珍獣が出たのかしら」

「藍将軍の弟さんて方が噂《うわさ》になってましたから、その人かもです」

「……藍将軍の弟さん!?　受けるの!?」

「そう聞きましたけど。――秀麗さん」

影月が秀麗を見上げた。

「絶対、及第《きゅうだい》しましょうね」

力強い言葉に、秀麗も頷《うなず》いた。

「ええ、絶対」

「じゃあ、行きましょうか。——そうだ、お化粧、とても綺麗《きれい》ですよー」

「……下手なの自覚してるから、気を遣《つか》ってくれなくていいわ……」

——そして二人は予備宿舎に向かって歩きはじめた。

上治《じょうち》三年　国試及第者上位三名

第一位（状元）——杜影月（男・十三歳）

第二位（榜眼《ぼうげん》）——藍龍蓮《りゅうれん》（男・十八歳）

第三位（探花）——紅秀麗（女・十七歳）

お見舞戦線異状あり？

それは新年になってすぐのできごとだった。

吐《は》く息が白くけむり、凍えるような風が頰《ほお》を打つ。誰もが暖かい室《へや》に籠《こ》もっていたい季節だが、子供たちだけは別だった。

「——こらぁ柳晋《りゅうしん》！　待ちなさいっ」

秀麗は逃《に》げる悪ガキをとっつかまえるため、土ぼこりを蹴立《けた》てて走っていた。芯《しん》から凍《こお》りつくような空気も、上気した秀麗の頰にはちょうどいい。

「宿題してこないのはともかく、なんだってこのごろ他《ほか》の子たちの邪魔《じゃま》するのあんたはぁっ！　あんたが落書きしまくる料紙代だってバカになんないのよっ。なのにお道寺《てら》の壁《かべ》にまで落書きしてーッ!!　もう今日という今日は許さないわよ柳晋！」

「へへん。つかまえられるもんならつかまえてみろー」

柳晋少年は振り向きざま、あっかんべーと舌を出し、飛ぶように駆《か》けていく。そして川岸にやってくると、近くの木に猿《さる》のごとくするすると登りはじめた。

「ここまでこれるか秀麗せんせー」

「……言ったわねぇ」

秀麗は裾《すそ》と袖《そで》をたくし上げ、幹に手をかけた。柳晋ほどではないが、なかなか危なげなくのぼっていく。少年は嬉《うれ》しそうに笑みを閃《ひらめ》かせたが、木登りに集中する秀麗は気づかない。彼女がようよう近づくと、柳晋は枝を選んでひょいひょいと移ってしまう。ますます怒《おこ》って追いかけようとしたとき——秀麗はずるりと足を踏《ふ》み外した。

枝が大きくしなり、あっと思ったときには、秀麗の身体《からだ》は宙に放《ほう》りだされていた。

そして一瞬《いっしゅん》のち、凍える川に大きな水しぶきがあがった。

「——多分、風邪ですね」

静蘭は秀麗の熱い額に手を当てた。

寝台《しんだい》に横たわった秀麗の顔は真っ赤で、目も充血《じゅうけつ》して潤《うる》んでいた。息づかいも荒《あら》い。

「真冬に川に飛び込むなんて……心鼓がそのまま止まらなくて、本当によかった」

「……あつ…風邪……なんて、何年ぶりかしら……」

「しゃべらないでください。何か温かい飲み物と氷袋《こおりぶくろ》をつくってきますから、ちょっと待っててくださいね」

静蘭のやわらかな声が耳に心地よかった。それでも、久々の病ということで秀麗もどこか子供のころに戻《もど》っていたのかもしれない。背を向けた静蘭の袖を思わずつかんでしまった。

袖を引かれ、静蘭は驚《おどろ》いたようだった。そして慌《あわ》てて指が離《はな》れる気配に苦笑《くしょう》する。

「……ごめんなさい……子供みたいね……」

かすれた声を聞きながら、静蘭は寝台のそばに椅子《いす》をひいてきた。それに腰掛《こしか》けて、汗《あせ》で額にはりついた前髪《まえがみ》をそっとはらってやる。布で汗をぬぐいながら、優《やさ》しく囁く。

「そばにいますから。眠《ねむ》ってください」

「……静蘭の手……冷たくて気持ちい……」

その言葉に、静蘭はのけるはずだった手のひらを秀麗の額にあてた。

秀麗はひんやりとした感触《かんしょく》に、ホッとしたように目を閉じた。

子供のように眠りについた秀麗に、静蘭は額にあてていた手を頰や耳にすべらせた。熱の高さを窺《うかが》わせるような熱さだった。

『……子供みたいね……』

秀麗の言葉に、静蘭は長い睫毛《まつげ》を伏《ふ》せた。

秀麗が子供でいられた時間は、あまりにも短かった。

母を亡《な》くした時から、彼女は誰《だれ》かに甘えることを自分に許さなかった。次々と出ていった使用人、彼らに持ち逃げされた多くの財産。突《つ》きつけられた現実を、いちばん最初に受けとめたのは秀麗だった。

ある日彼女は小さな手でご飯をつくり、掃除《そうじ》や洗濯《せんたく》をし、大切な人を失って呆然《ぼうぜん》としていた邵可や静蘭の手を引いた。

このとき秀麗が頑張《がんば》った結果は、惨憺《さんたん》たるありさまとして現れた。おかゆに近いご飯や、しょっぱすぎるおつゆ、室の隅《すみ》にぐらぐらと積みあげて「片づけられた」本の山、水浸《みずびた》しの洗濯物に、それでも静蘭と邵可はようやく我に返った。

(……もう少し私がしっかりしていたら)

今でも静蘭は悔《く》やむ。はじめに立ちあがったのが自分だったなら、秀麗はまだ守られるべき子供でいられたろうに。何をしていいかわからなかったあのときの自分が今でも情けない。

袖を引かれた感覚を思いだし、微笑する。昔、幼いころ秀麗がよく自分にした仕種《しぐさ》だ。

彼女がわずかでも甘えるのは、自分か邵可だけだろう。

それが静蘭には嬉しく、誇《ほこ》らしかった。

静蘭は顔をかがめると、秀麗の耳にそっと何ごとか囁いた。

『……いらぁ、せいらぁ』

背を向けて出ていこうとする少年に、ほてった体ではいずり、手を伸《の》ばした幼子は、拍子《ひょうし》に身を崩《くず》してころりと寝台から転げ落ちた。

その音に驚いて少年は振《ふ》り向いた。いつも無表情なその顔が微《かす》かに崩れる。

大股《おおまた》に引き返すと、軽々と幼子を抱《だ》き上げる。

『……おとなしく寝《ね》ていてくださいといったでしょう』

声にあまり感情はこもらない。それでも彼女は嬉しそうにきゃっきゃと笑った。

『……熱があるんですから、ころころ転がらないでください。布団《ふとん》をちゃんとかけて』

『三つ四つの子供に真顔でそんなことを言うて、ほんにそなたは面白《おもしろ》いのう、静蘭』

明るい笑い声がうしろであがった。寝台に幼子を寝かせていた静蘭は振り向いた。

『奥様。お薬湯は』

『おお、もってきたぞ。にしても秀麗は、ほんに静蘭がお気に入りじゃのう』

ちらとも表情を動かさない静蘭の頰を、女性はおもむろに白い繊手《せんしゅ》でひっぱった。

『……何なさるんです』

『仏頂面《ぶっちょうづら》はやめいというたではないか。せっかくかわいい顔をしておるのに勿体《もったい》ない』

『私が笑おうが笑うまいが私の勝手です。何が変わるわけでもないでしょうに』

『そうか？　少なくとも秀麗が寝台から勝手に抜《ぬ》け出さなくなると思うがのう』

静蘭がぎょっとふりかえると、幼い秀麗はまた布団からはい出していた。

『せいらぁ。にこっ、して。にこぉ』

『ほれ。はようしてやらぬか。最低一日一回笑顔と命令したではないか』

わざわざ寝台に座って秀麗ともども見物しようとする女主人に、静蘭は小刻みに震《ふる》えた。

『あれれ、もう笑顔の時間かい』

氷袋をもってきた邵可も、楽しげに見物側にまわる。

『……そ、んなに見られながらでは笑えません』

『何ぃ？　一人でにやついてるほうがよっぽどバカみたいじゃぞ』

なかなか笑おうとしない静蘭に、秀麗がとうとうふくれっ面になってしまった。

『…………』

『おやおや、姫《ひめ》のご機嫌《きげん》を損《そこ》ねてしまったようだね』

『こうなると手に負えぬのう。静蘭、責任とりや。ほれ、この薬湯飲ませて、頭冷やしてちゃんと寝かせるのじゃぞ。でないとまた夜に熱があがるからの』

薬湯と氷袋をおしつけて、実の両親はとっとと出て行ってしまった。

静蘭は、すねてくるりと丸まった小さな背中を見る。仰向《あおむ》けにさせようとしたが、掛布《かけふ》にかじりついて離れない。静蘭は掛布ごと転がして仰向けにさせた。

思いもかけぬ戦法に幼子は目を丸くした。次いで静蘭の顔を見てにっこりする。

そのとき初めて、静蘭は自分が笑っていることに気づいた。口許《くちもと》に手をあて、息を吐《は》く。いつだって大人を手玉にとってきたのに、ここの主人たちにはまるで歯が立たない。

それでも、それは決して不快ではなかった。

『……さ、おとなしく寝てください。お薬湯もきちんと飲んで』

いつもよりは素直《すなお》に吸い飲みに吸い付く。口に入れて、きゅっと顔をしかめる。それでも今日の秀麗は一生懸命《いっしょうけんめい》飲んだ。どうやら静蘭が笑ってくれたので、幼いながら自分もちゃんとしなくてはと思ったらしい。

掛布をかけてやり、立ちあがろうとすると袖をつかまれた。

うるうるとした目で見つめられ、静蘭は椅子に座り直した。

誰かに必要とされること。好かれ、甘えられ、頼《たよ》られること。それは純粋《じゅんすい》な想《おも》いで。

――嬉しい、と。

そして思い出す。以前にも、同じような想いを向けてくれた相手がいたことを。

（――兄上……せいえんあにうえ……）

王宮の中でただ一人、ひたむきに自分を慕《した》ってくれた幼い弟。

熱でほてった紅葉《もみじ》のような手が伸び、静蘭の膝《ひざ》を雪解けの雨だれのように優しく叩《たた》いた。

『せいらぁ……泣いちゃ、めぇ……』

多くのものを静蘭は忘れようとしていた。

何もかもを捨て去ろうとしていた。大事なものもすべて一緒《いっしょ》くたにして。

けれどこの邸《やしき》にいるうちに、彼はゆっくり、大切なものだけを取り戻していった。

笑顔、というのも、その一つだった。


「――秀麗が病気になっただって!?」

飛びこんできた邵可は、両手に大量の掛布を抱《かか》えていた。

「だ、旦那様《だんなさま》……今日は府庫で泊《と》まり込みのはずじゃ」

「そんなのどうでもいいことだよ。ああ、何をするんだったか。なんで私は邸中の布団をもってきたんだろう？　そうだ、あったかくするからだ。ほら静蘭、一緒にかけて。そうだ、お薬湯と、ええと、生姜湯《しょうがゆ》と——精のつくご飯と——氷袋——あれ、でもあったかくするのになぜ氷袋なんだっけ？　ああ、熱で熱いからか。あれ、でもなんでじゃああったかく……」

「お、落ち着いてください旦那様。顔の上にそんなに布をかけたら窒息《ちっそく》してしまいますよ」

「あ、そう、そう、落ち着かなくては」

　ふらふらとそばの椅子に座る。はぁ、と邵可は大きなため息を一つついた。

「……ずいぶん久しぶりだから、びっくりしちゃってね」

　邵可が誰のことを思っているのか、静蘭にはわかりすぎるくらいよくわかった。

　病気一つしたことがなかったのに、ある日突然逝《とつぜんい》ってしまった人——。

「今の時期に川に落ちたら、風邪《かぜ》もひきます」

「川!?　いったいなんだって川に落っこちたんだね」

「はぁ。それが」

「……何の騒《さわ》ぎなの」

　掛布をかきわけて秀麗の赤い顔がのぞく。邵可はぱっと立ちあがった。

「秀麗、大丈夫《だいじょうぶ》かい!?」

「んー……多分」

「多分!?　多分てなんだい」

「多分、夜になると熱があがってくるんじゃないかって言おうとしたの。ただの風邪よ」

「え、まだあがるのかい!?　今でもこんなに熱いのに！」

額にあてられた父の大きな手が心地《ここち》よかった。こんなふうに心配してもらえるのは快いものだったのだと、秀麗は久しぶりに思いだしていた。

「秀麗、ちょっと待ってなさい。いま特製生姜湯をつくってくるからね」

父の決意に、秀麗と静蘭はぎょっとした。

「え!?　い、いいわよ父様、慣れないことしないで」

「そ、そうです旦那様。生姜湯なら私が」

「何遠慮《えんりょ》してるんだね。心配しないでいいよ。あっというまに風邪なんか吹《ふ》き飛ぶからね」

その前に庖厨《だいどころ》が吹き飛ぶ──と秀麗と静蘭は同時に思った。

しかし邵可はとっとと室を出て行ってしまった。

「……せ、静蘭……父様の見張り……お願い……私はいいから。これ以上家ボロボロになったら……路頭に迷う……」

「……わ、わかりました」

静蘭は桶《おけ》から濡《ぬ》れた布を取り出すと、かたくしぼって氷袋と一緒に秀麗の額にのせた。

「ゆっくり休んでいてくださいね。どんな物音が聞こえても起き出してきたり──」

盛大《せいだい》に食器の割れる音が遠くで聞こえた。

「…………」

「……………………」

静蘭はすぐさま身をひるがえした。

秀麗はどったんばったん聞こえてくる物音や、「だ、旦那様それはちょっと！」などという静蘭の声を遠くに聞いて、当初はハラハラしていたが、だんだん昔を思い出していた。

（……病気してたころ、こういう物音ってそういえば日常茶飯事《さはんじ》だったような……）

母は薬湯づくりの名人だったが、なぜか邵可と同じくらい不器用な人でもあった。薬湯づくりに励《はげ》むたび、庖厨からものすごい音が聞こえてきていた。熱でぼうっとしている頭に結構良く響《ひび》いたことも思いだした。

『……奥様！　もう少し静かにやってください！　お嬢様《じょうさま》が起きてしまうでしょう！』

たまりかねた静蘭がいつも直訴《じきそ》していた。あまり感情をおもてに出さなかった静蘭も、このときばかりは非常によく怒《おこ》った。

（……不思議……なんか、色々思いだしてきちゃった）

ひんやりとした額の布も心地よく、秀麗はとろとろとまた目をつぶった。


『秀麗、お薬ができたぞ。ささ、飲みや。改良したから、あまーいぞ』

秀麗は喜んで吸い飲みに吸いついた。しかし次の瞬間《しゅんかん》、だーっと口から薬湯を吐《は》き出した。

『ああッ、奥様何飲ませたんです！　またそんな得体の知れないものをッ』

静蘭が血相を変えて吸い飲みをひったくり、ぺろりと液体をなめる。直後、げっと青くなる。

『苦い苦いというから、甘くしてみたのじゃ。……なぜ吐き出したのであろ』

『……あ、甘いって……これ、甘過ぎですよ。いったい何したらこんなに甘くなるんですか。き、気持ち悪い……吐きそう』

『むぅ……子供は味にうるさいのう。邵可は、うん甘いよー、と笑っておったのに』

『旦那様の味覚を基準につくらないでください！　それに私は子供じゃありません！』

『なに？　そなたは子供じゃぞ。なぜなら妾《わらわ》と邵可が子供と決めたからの』

直後、どーんという爆音《ばくおん》が響いた。女主人は何ごともなさそうに音のほうを向いた。

『そういえば邵可も生姜湯をつくるとかいっておったのぅ。できたようじゃな』

『……生姜湯つくるのに、なんで爆発が起きるんですかー！』

静蘭が血相を変えて庖厨に飛んでいく。

その後ろ姿を見て、女主人はやわらかく笑った。


(……お、思いだした……昔と全っ然、変わってない……)

静蘭は大地震《だいじしん》が起こった直後のような惨状《さんじょう》に、顔を引きつらせつつ片づけをしていた。

「はぁ、久しぶりだからどうにも勘《かん》がにぶるなぁ……ええと、薬草は、と」

薬草棚《だな》をあけようと振《ふ》り向いた拍子《ひょうし》に、茶壺《ちゃつぼ》をひっくり返す邵可。

「あ、……あれれ」

「あれれ、じゃありません！　もっと静かに！　これじゃお嬢様がお眠《ねむ》りになれません」

「ははは。静蘭に怒られるのも久しぶりだね。昔から秀麗に関してだけはよく怒るんだよね」

のほほんと笑う邵可に、静蘭がぐっと詰《つ》まる。

「そうだ、ついでに何か精のつくご飯でもつくろうかな」

「そ、その前にむしろ生姜湯を完成させてください」

生姜湯でこの惨状なのだから、ご飯など推《お》して知るべしである。生姜湯づくりに気をとられている間に何か対策を——と青ざめた時、訪問を告げる声が遠くに聞こえた。

静蘭が舌打ちしながら出ていくと、そこに立っていたのは思いがけない二人だった。

「——藍将軍に、絳攸殿《どの》」

絳攸は気遣《きづか》わしげな表情で、手にしていた風呂敷包《ふろしきづつ》みをぐいと差し出した。

「邵可様が、秀麗が病気になったといって飛んで帰ったのでな。見舞《みま》いにきた。病に効く野菜や薬をもってきたぞ」

手土産《てみやげ》がなければ、紅家の敷居はまたがせてもらえない。静蘭の教育の成果である。

「大丈夫なのかい？　秀麗殿は。なんなら藍家《うち》の専属医師を呼んでこようか」

静蘭は救世主とばかりにがしっと青年二人の手をつかんだ。

「——よくおいでくださいました。ぜひお嬢様のために腕《うで》をふるってあげてください」

目を点にする二人の青年に、静蘭はにっこりと笑った。

「庖厨《だいどころ》が破壊《はかい》し尽《つ》くされる前に、どうかお嬢様にご飯をつくって差し上げてください」

「おや、藍将軍に絳攸殿。娘《むすめ》の見舞いに来てくださったのですか」

庖厨のすさまじい惨状を一目見て、楸瑛と絳攸は絶句した。

「もうすぐ、生姜湯ができるんですよー」

「……あの、邵可様……生姜湯って。……生姜がどこにも見あたりませんが……？」

「さすが絳攸殿、目ざといですね。ええ、生姜はあいにく切らしてしまって、どこ探してもありませんでした」

朗《ほが》らかに笑う邵可。きらりと光る額の汗《あせ》がさわやかである。

生姜なしでどうやって生姜湯が……？　という問いはすっかり抹殺《まっさつ》されてしまった。

「……邵可様、生姜《しょうが》なくてしょうがないという感じだね」

ぼそりと呟《つぶや》いた楸瑛に、静蘭と絳攸は慄然《りつぜん》とした。予想もつかない連続恐慌《きょうこう》に擦《す》り切れた神経には、あまりに痛い一撃《いちげき》。

「……ごめん、思わず。……聞かなかったことにしてくれ」

「ははは。藍将軍は風流人でいらっしゃるから。言葉遊びが巧《たく》みですね」

一人楽しげな邵可をよそに、どこが風流、と内心激しくつっこんだ静蘭と絳攸である。

「あ、旦那《だんな》様、ご飯は私たち三人でつくりますから。お嬢様についていてあげてください」

「え、そうかい？　せっかくやる気になってたのにな……」

「いえいえ生姜湯《しょうが》だけで充分《じゅうぶん》です。これ以上はお嬢様の心臓に悪…じゃなく、せっかくお二人が腕をふるってくださるというのですから、ご厚意《こうい》に甘えましょう」

「そうだね。でもお二人が料理が得意だなんて、思いもしなかった」

邵可はにこにこと頷《うなず》くと、ひきつづき生姜の入らない生姜湯をコトコトと煮立《にた》てた。

それを横目に見ながら、楸瑛はこそっと静蘭に囁《ささや》いた。

「……えーっと、静蘭、私は庖丁《ほうちょう》をもったことなんてないんだけれどね」

「庖丁はともかく剣《けん》なら毎日もってらっしゃるでしょう。同じ刃物《はもの》、似たようなものです。少なくとも旦那様よりは役に立つはずです。立たなかったらそこら辺掃除《そうじ》していただきます」

「……私は一応、君よりはるか高位の武官なんだけどね……」

そんなささやかな抗議《こうぎ》は静蘭にはまるで通じなかった。

「絳攸殿は、料理の方は？」

「……簡単なものなら、まあなんとか。そういうお前こそ」

「瓦《かわら》の葺《ふ》き替《か》えから壁《かべ》の修理、害虫退治に野菜の値切り方の極意《ごくい》まで会得《えとく》している私に、そのようなことを訊《き》くのは愚問《ぐもん》というものですよ」

かつて自分こそが至上の身分にあった元公子様は、さらりと言ってのけた。

絳攸と楸瑛は何となくもの悲しくなり、もくもくと袖《そで》をまくって静蘭に従ったのだった。

「ぐっすり寝《ね》てるな。くっ、顔を真っ赤にさせて痛々しい……」

「……なんでお前の姪《めい》を訪ねるのに、他家の壁よじのぼって盗《ぬす》っ人《と》よろしく忍《しの》びこまねばならんのだ。冬のさなかにバカみたいだぞ」

凍《こご》えるような夜気などものともせず、何やら特大風呂敷包みを背負いつつ、窓辺にはりついて秀麗の様子を一心に窺《うかが》っていた紅黎深は、部署違《ちが》い同僚《どうりよう》の言葉にむっと顔を振り向けた。

「仕方ないだろう。まだ私は名乗りをあげるための心の準備ができてないんだ」

「お前はな。私は違うから、堂々と表から見舞うことにする。お前はそこでセミの抜《ぬ》け殻《がら》よろしくはりついているがいい」

「バカいえ。君に抜け駆《が》けさせないために一緒《いつしよ》に来たのに、そんなことさせるか」

きびすを返す黄奇人《こうきじん》の衣《ころも》をぐいとつかむ。振り返った奇人の顔は後宮の佳麗《かれい》といえども顔色をなくすほどの超絶美貌《ちようぜつびぼう》である。

「君も一緒にここにはりついてるんだ。だいたいなんで今日に限って仮面を外してきているんだ。あやしい。動けない秀麗に不埒《ふらち》なことをしようともくろんでいるに違いない」

「……お前は、兄君の一家のこととなると途方《とほう》もなくバカだな」

「じゃ、その花束はなんだい。気障《きざ》ったらしく蘭なんてもってきて」

「冬に咲《さ》いている花といったら限られてくるだろうが。だいたい病に伏《ふ》した者に花を贈《おく》るのはごく普通《ふつう》の行為《こうい》だろう」

「蘭というのが気に入らない！」

無茶苦茶である。

二人ですったもんだしていると、不意に窓の向こうに人影《ひとかげ》がのぞいた。

「……そんなところで何してるんだい、黎深。おや、黄尚書まで」

「あ、兄上！」

「ご息女のお見舞いに参りました。突然《とつぜん》の訪問をお許しください、邵可殿」

奇人にとって邵可は、素顔《すがお》を見られても態度が変わらない貴重な人物だった。そつなく優雅《ゆうが》に一礼する奇人は、夕闇《ゆうやみ》のなかでもきわだって美しい。

一方、先手を打たれた黎深は何を言っていいかわからなくなった。

「あ、あの……あ、兄上、これはその」

邵可の細い目が笑《え》みでますます深まる。

「……仕様のない弟だね、黎深。でも様子を見に来てくれてありがとう。秀麗も眠っているし、あがりなさい」

「い、いいんですか」

「真冬にそんなところにつったって、尚書二人に風邪《かぜ》をもらって帰られては困ってしまうよ。それに大事な弟をそんなところにほっぽっておけないだろう」

黎深の顔が輝《かがや》く。絶妙《ぜつみょう》な言葉選びに、奇人はほとんど感心した。

いそいそと窓をよじ登りはじめた黎深を見て、邵可がわずかに眉をひそめた。

「黎深、窓から乗りこむのはちょっといただけないね」

「あ、すみません、嬉《うれ》しくて心がはやってつい……」

「黄尚書も、どうぞおあがりください」

自分だけ回り道をするのもどうかと思った奇人は、窓からひらりと室内へ入った。暖がとられ、温かい室内にふわりと奇人の絹糸のような髪《かみ》が舞《ま》う。

「花は見舞いの品です。あまり匂《にお》いの強くないものを選んで参りました。それと、この薬を。病名がわからなかったので、とりあえず抵抗《ていこう》力をつける生薬を葉医師から頂いてきました」

「葉医師に？　ありがとうございます、黄尚書。秀麗も喜ぶでしょう」

「ああっ、ま、また君、先に…っ。兄上、私もー！」

黎深は背負っていた特大風呂敷包みを差し出す。邵可が包みをほどくと、中から蜜柑《みかん》やら苺《いちご》やら桃《もも》やスモモの糖蜜《とうみつ》漬けやらが山と出てきた。その下には大量の生薬がある。

「病には果物が良いというので。薬も片《かた》っ端《ぱし》からもってきました」

得意げに胸を張る黎深。卓子《たくし》からごろごろと転がり落ちる蜜柑や漬《つ》け壺《つぼ》を慌《あわ》てて押さえながら、邵可は呆《あき》れたように息をついた。

「……黎深、もってきすぎだよ。まったく相変わらず極端《きょくたん》から極端に走るね。それにこの薬……なんで精力増強剤《ざい》やら月のもの用やら陣痛《じんつう》止めまであるんだい」

「——すぐ薬師を打ち首にいたします」

「バカいいなさい。とりあえず精力剤はもって帰りなさい。何考えてるんだねまったく」

口をへの字にまげる兄に、黎深はしゅんとした。「悪かった・間違《まちが》った・反省」の三語をいまだかつて使ったことがないといわれる黎深だが、こと兄に関しては完璧《かんぺき》人間の砦《とりで》ががらがらと崩《くず》れる。

「でも、気持ちは嬉しいよ。ありがとう黎深」

たった一言で黎深を一喜一憂《いちゆう》させることができるのも、邵可だけだ。

黎深はたちまち上機嫌《じょうきげん》になり、寝台《しんだい》のそばにいそいそと寄る。

「こんなに間近で顔を見るのは久しぶりだ」

眠《ねむ》る秀麗に向けるとろけるような笑顔はまるで実の父のごとくである。

「夏にちょろちょろあと追っかけてただろうが。〝おじさん〟などと呼ばせて」

「うるさい鳳珠《ほうじゅ》。本当の叔父《おじ》なんだから別にいいじゃないか。比べて君は単なる元上司。つま

り他人。秀麗はお嫁《よめ》入り前だから、君はこの床《ゆか》の模様から中へ入ることを禁じる」

「悲しい行動に走る前に、自分が存在も認知されていないことを思いだしたらどうだ黎深」

二人を見ていた邵可は、こっそり笑みをこぼした。

「……昔を思いだすね。悠舜殿《ゆうしゅんどの》がいらっしゃったときのことを」

黎深と奇人はぴたりと口をつぐんだ。ややあって、黎深が閉じた扇《おうぎ》で掌《てのひら》を打った。

「悠舜は大丈夫《だいじょうぶ》ですよ、兄上。ああ見えて度胸も胆力《たんりょく》も売るほど余ってます。茶家などにどう

こうできる相手じゃありません」

「ええ。何せ黎深の性格を微笑《ほほえ》みながら受けとめてのける男ですから。根性《こんじょう》と忍耐《にんたい》力精神力も彩雲国一です」

変なところで息の合う二人の尚書に、邵可はますます笑みを深くする。

ちょうどそのとき、室の扉《とびら》が叩《たた》かれた。

「旦那様、お食事の用意ができました。絳攸殿と藍将軍もご一緒ですが、中に入ってもよろしいですか？」

◆

「よく寝ているから、先に私たちがご飯にしてしまおう」

そういって邵可が出てきたが、次いで現れた上司二人に若者組は仰天《ぎょうてん》した。特に絳攸は思わず後ろに飛び退《の》いた。なぜ養い親がここにいる！

「……なっ、なななんであなたが！　ていうかどっから……！」

「叔父が姪を見舞《みま》いに来て何が悪いんだね。君こそ私の知らぬところでずいぶん抜け駆けをしているようだね、絳攸。いい度胸だ。あとで覚悟《かくご》したまえ」

ぱらりと扇を優雅にひるがえす。満面の笑みが凶悪《きょうあく》な表情に見えるのは彼の特徴《とくちょう》である。

ちなみに奇人はぬかりなく、折りたたみ式仮面をすでに着用済みであった。

楸瑛は顎《あご》に手を当てた。

「……ここまで面子《メンツ》が集まるとなると……彼《ヽ》がきてないのが不思議なくらいだな」

「……そうですね」

「賭《か》けようか、静蘭。あと何刻でくるか」

「いいですよ。私が勝ったら生涯《しょうがい》妓楼《ぎろう》立ち入り禁止ということで」

「……やっぱりやめとくことにする」

そのときだった。激しく門扉が叩かれる音がした。

「——師《せんせい》！　紅師はいますかい⁉」


「このたびはうちの馬鹿晋《ばかしん》がとんだご迷惑《めいわく》をおかけして、本当に申し訳ねえです！」

開口一番勢いよく頭を下げたのは、結果的に秀麗が川に落ちる原因をつくった柳晋少年の父親だった。

静蘭から詳細《しょうさい》を聞いていた邵可は、穏《おだ》やかに首を横に振《ふ》った。

「大丈夫ですよ、ただの風邪ですから。晋くんが突《つ》き落としたわけではないのですから、お気になさらずに。……で。そのほかに、もしや何かございましたか？」

柳おじさんはためらうように視線をさまよわせたが、思いきったように顔を上げた。

「……その、うちのクソガキ、こちらにお伺《うかが》いしませんでしたかい？」

そのひとことで、邵可はすべてを察した。途端《とたん》に顔つきが引き締《し》まった。

視線を外にすべらせれば、すでに日没《にちぼつ》。しかも雲の合間から白いものがはらはらとちらつきはじめているのがわかる。凍《こお》りつくような寒さが辺りを急速に支配していく時刻だ。

「……いつごろから、柳晋君の姿が見えないのですか」

「昼過ぎにあのバカ、この真冬に山に行くなんて阿呆《あほう》なこといいやがったんでさ。てっきり冗《じょう》談《だん》か、子供らの遊びかなんかかと思ったんですが、夕方になっても帰ってきやしねぇんで、ちょいと心配になって道寺に行って訊《き》いてみたら、秀麗嬢《じょう》ちゃんのことを聞いたんです。だからこっちに寄ってるのかもしれねぇって……」

話している間にも、柳おじさんの顔色はどんどん悪くなっていく。そう——ここにきていないということは、まだ柳晋は山中にいる可能性が高いのだ。

街でも雪が降りだしたことを思えば、山の上ではとっくに積もるほどになっているだろう。真冬。夜。厳寒の雪山。これから冷え込むばかりの時刻で、いまだに柳晋は帰ってこない。それらは容易に最悪の事態に結びつく。

「——すいません紅師！　あっしはこれで失礼します！　また別のとこ捜《さが》します」

「お待ちください」

邵可は慌てて柳おじさんを引き留めた。

「むやみやたらに捜しても、あなたのほうが参ってしまいますよ。晋くんは山に行くといって出かけたのですね？　彼はきちんと考えることができる少年です。昼過ぎに行って、夕方には帰ってこられる山を目指したはずです。ということは――」

そばで聞いていた静蘭が思慮《しりょ》深げに肯《うなず》いた。

「奥様のお墓のある龍山《りゅうざん》ですね。運が良ければ足跡《あしあと》が残っているかもしれません」

「龍山なら馬でも回れるね。じゃ、今から藍家に戻《もど》って駿馬《しゅんめ》を三頭見繕《みつくろ》ってこよう」

「じゃあ俺はその間に紅邸《てい》から防寒具一式と松明《たいまつ》を用意してくる。……と、い、いいですよね、黎深様」

黎深はたいして関心もなさそうにパタパタ扇をあおって騒《さわ》ぎを見ていたが、養い子の言葉にやはりかなり適当に手を振った。

「好きにすればいい。だが雪山で遭難《そうなん》したら、いかにお前の遭難時の対策知識が豊富でも、そんなもんまるで意味ないことを覚えておけよ」

「…………はい」

邵可はため息をつくと、弟の扇子《せんす》をとりあげ、掌《てのひら》を返してぺしっと黎深の頭を軽く叩いた。

その行為《こうい》に、紅黎深を知らない柳おじさん以外の、全員が凍りついた。

ごくり、と誰《だれ》かの喉《のど》が鳴った。い、いま世にも恐《おそ》るべきものを見てしまった――。

「黎深、そういうときは充分《じゅうぶん》気をつけて戻ってきなさいと言うんだよ」

「はい。兄上」

仏頂面《ぶっちょうづら》を装《よそお》いつつも、叩かれたところをなでる黎深の様子はどこか嬉《うれ》しげである。

このとき、誰もが邵可の偉大《いだい》さを肌《はだ》で思い知った。

邵可は次々と指示を飛ばした。

「静蘭、絳攸殿と一緒《いっしょ》に行って、防寒具や松明を運ぶのを手伝ってきてくれるかい」

「はい」

「藍将軍のお気持ちは嬉しいですが、時間が惜《お》しい。馬は紅邸から借りましょう。藍将軍も、静蘭と共に紅邸へ」

「わかりました」

「柳さん、徒歩で雪山をひとり捜し歩くのは危険です。晋くんもひょっとするともう下山しているかもしれませんから、山には入らず、龍山へつながる道の方を捜してください。これからの時刻、子供の小さな姿は目につくと思いますし、雪で少しは明るいでしょう。蠟《ろう》の長さを調節した灯《あかり》をすぐにつくりますから、用意ができたら龍山に行く前に寄ってください。その蠟が半分熔《と》けても見つからなかったら、一度こちらに戻ってきてください。柳さんも、静蘭たちもね。いいですか、これだけは全員絶対守ってくださいね」

常にない邵可の厳しい口調には、有無《うむ》を言わせぬ力があった。絳攸と楸瑛は驚《おどろ》いたように目を瞠《みは》ったが、我に返ると慌《あわ》てて肯いた。

「……龍山なら私の邸《やしき》の方が近い」

仮面でややくぐもった声で、奇人が邵可の言葉を引き継《つ》いだ。

「もし龍山で見つけたら、私の邸に運び込むといい。子供の体ならなおさら限界にきているはずだ。家人に申しつけておく」

——そうして、各人行方《ゆくえ》不明の柳晋少年を捜しに散ったのだった。


奇人も一度邸に戻って手配してくると言い置いて、邵可邸を去った。

寝《ね》込んでいる秀麗の他《ほか》は、邵可と黎深だけがその場に残った。

「……せっかく絳攸殿たちがつくってくれたお夕飯なのに、冷めてしまったね」

きちんと並べられながら一度も箸《はし》がつけられずにぽつんと残ったままの卓子《たくし》に目をやると、邵可は苦笑《くしょう》しつつ、席に着いた。

「黎深も、おいで。食べてあげないとかわいそうだよ。——大丈夫。心配しなくても、い、い、い、い、いざとなったら私が行く。だから絳攸殿に万一のことなどありえない。安心しなさい」

どこか苛立《いらだ》たしげに扇を開閉させていた黎深は、ハッとしたように顔を上げた。邵可はお茶を二人分淹《い》れつつ、にっこりと弟に笑いかけた。

「だから、きちんと腹ごしらえだけはしないとね。一人で食べるのもつまらないから、お相伴《しょうばん》してくれると嬉しいんだけどね」

黎深の扇《おうぎ》の動きが突如《とつじょ》止まった。

かなりの間ののち、ぱちんと扇が閉じられる。そしてそろりと邵可の向かいに座った。妙《みょう》にお行儀《ぎょうぎ》良くきちんと手をそろえてお茶が入るのを待つ弟に、邵可は内心笑ってしまった。

「そういえば、こうして二人でいるのもずいぶんと久しぶりだね」

「……兄上」

「ん？」

「別にその少年はどうでもいいですが、兄上を行かせるくらいなら今すぐ〝影《かげ》〟を総動員して捜させます。なんなら即刻《そっこく》龍山を切り崩《くず》して冬眠《とうみん》中の熊《くま》の穴ぐらまで調べさせます」

邵可はお箸を綺麗《きれい》に動かして青椒肉絲《おかず》をつついた。多分、藍将軍か絳攸殿《どの》がつくったのだろう。少し水っぽいが、初心者にしてはなかなかのものだ。不揃《ふぞろ》いな切り口が微笑《ほほえ》ましい。

同時にまさに影のごとく微《かす》かな気配だけが室の隅《すみ》で揺《ゆ》れる。たとえ羽林《うりん》軍の精鋭《せいえい》でも到底《とうてい》気づかぬだろうその気配を、邵可は正確に視線だけで追った。

「……今回は、誰かを殺しに行くわけではないよ、黎深。……下がらせなさい」

「いやです」

「黎深……」

「もう、何もして欲しくないんです。何が目的でも同じです。そんな少年、どうだって良いではありませんか。兄上が夜の雪山に一人分け入るほど気にかける必要なんてどこにもない。私は、兄上と秀麗にはただ平穏に、幸せに、過ごしてほしいんです」

邵可はすっかり冷めてしまったつゆをすすった。なかなか完成度が高い。きっと静蘭がつくったものだろう。

「黎深、君がずっと私を府庫に留め置いてくれたお陰《かげ》で、この十余年、私は君の言うとおり好きな本を好きなだけ読んで、静かに幸せに過ごせたよ。感謝してる」

「——たった十年です！」

珍《めずら》しく、黎深は激昂《げっこう》した。

「たった十年です兄上……。それに、決して静かでも平穏《へいおん》でもなかった。知らないとでも思っていましたか？　兄上が流罪になった公子を拾いに行ったと知ってから——私は何度も先王を抹殺《まっさつ》するために刺客《しかく》を送りこみましたよ」

邵可はぽりぽりと呑気《のんき》に漬《つ》け物をかじった。良く漬けてあっておいしい。

「ははは。霄太師《くそじじい》に全部阻《はば》まれただろう」

「ええ。なんですかあれは。狸《たぬき》の妖怪《ようかい》ですか」

「うーん、狸の方がマシかも」

黎深は卓子を拳《こぶし》で殴《なぐ》りつけた。淹れた茶が倒《たお》れる前に、邵可がひょいとすくいあげる。

「何が静かな暮らしを約束する、だ。大嘘《おおうそ》つきめ。あのくそったれ王、最後の最後まで兄上を利用して重荷を押しつけて——！」

邵可は昔からその才を綺麗に押し隠《かく》していた。両親も親族も、誰《だれ》一人として邵可が抜《ぬ》きんでた能力を有しているとは思いもしなかった。弟と比べられ、馬鹿《ばか》にされたところで反論もしない性格もそれに拍車をかけた。ただ一人、いつも側《そば》にいた黎深だけは知っていた。それが誇《ほこ》らしくて、自分だけが知っていることが嬉しくて、黎深も何も言わなかった。

それゆえに、才を見抜《みぬ》いた先王に目をつけられたのだ。

暗殺者の第一の適性は『誰が見ても兇手《きょうしゅ》と思いもしないこと』。

「幼い子供に殺人術を仕込ませて兇手にするのは勝手です。誰がなろうと知ったことじゃない。ですがよりによって兄上を選んだことは許せません。一生許さない――！」

馬鹿な父が兄を邸から追い出しても、黎深は心配していなかった。けれど――まさか、兄があんなふうに利用されるとは思わなかった。知った時は怒《いか》りで目の前が真っ赤になった。

邵可を血と闇《やみ》の深淵《しんえん》に叩《たた》き落としたすべてを、黎深は今も許さない。

紅家も王家も――とりわけ前《さき》の王を。

「……人を殺す術《すべ》を万も学んだのも、実際万と殺したのも、すべては私の意思だ。この血まみれの手は、誰のせいでもない」

「知りません。そんなこと知らない。誰が王位に就《つ》こうが、人がどれだけ死のうが、そんなことで兄上が傷つく必要なんてどこにもなかったのに」

子供のように首を振《ふ》る黎深に、邵可は苦笑した。

……この弟を愛《いと》しいと思う。

けれど黎深にとっていつまでも世界は邵可《じぶん》とぺんぺん草にしか分類されないのだと気づいてから、邵可は少しだけ弟と距離《きょり》をとるようにしてきた。

そして思った通り、少しだけとった距離のぶん、縮めようとする過程で黎深は否応《いやおう》なく「外」と接することになった。彼の大切なものは、本当はもう邵可《じぶん》だけではない。それが嬉しい。

「……私も頑固《がんこ》だから、君にはたくさん心配をかけてしまったね。すまなかった」

黎深が絳攸の養育に関して、学問を徹底的に仕込んだのとは反対に、武術に関しては護身術程度に留《とど》めたのは、自分の一件があったからだろう。兄の二の舞《まい》はさせまいとして。

「私は大丈夫だ。自分で決めて、自分で歩いてきた道だからね。愛する妻に出逢《であ》えて、秀麗を授《さず》かって。静蘭を拾って、劉輝様と過ごして。重荷なんかじゃなかったよ。楽しかった。幸せだったよ。それに、いつも全開で心配してくれる君もいるし」

邵可の言葉に、黎深は滅多《めった》にないことに言葉に詰《つ》まって赤くなった。

「玖琅《くろう》も何だかんだいって気にかけてくれるし。私は可愛《かわい》い弟に恵《めぐ》まれて幸せ者だね」

途端《とたん》、びしっと黎深のこめかみに青筋がたった。

「……玖琅なんかより私のほうが可愛いはずです。玖琅なんか兄上のこと全然なんにもわかってないじゃないですか！　なんで兄上はいつもいつもあんな——」

「おや、せっかくのお茶が冷めてしまったね。淹れ直そうか」

「飲みます！」

すかさず黎深は父茶をあおった。そして幸せそうにへらへらっと笑う。

「おいしいです」

「じゃ、もう一杯《いっぱいいっ》注いであげよう」

「はい！」

鞠《まり》のように転がされる、吏部《りぶ》の氷の長官・紅黎深。合言葉はきっと「愛は盲目《もうもく》」。

「兄上……私は王家も先王も大嫌《だいきら》いですし、兄上に甘ったれまくったあげく迷惑《めいわく》かけやがる洟《はな》垂《た》れ王も嫌《きら》いです。そして秀麗は愛しくてかわいい大切な姪《めい》。ですから——」

　ちらり、と黎深は回廊に通じる扉に目をやった。

　邵可はお茶を淹れてあげながら、小さく苦笑《くしょう》した。

「今日くらいは許してあげておくれ」

「まあいいでしょう。あの小僧に、兄上とのご飯を棒に振るほどの価値はありません。……その、げふん、まままた、こんなふうに、お、およばれしても良いですか。で、できれば秀麗と一緒《いっしょ》に秀麗のご飯を……」

「いいけど、秀麗にちゃんと自分で名乗ってからね」

　なかなか健啖家《けんたんか》の邵可は、すでに二人前をまぐまぐと平らげている。

　黎深もようやく箸《はし》を手にとり、冷めたご飯をつつきながら思いあまったように叫《さけ》んだ。

「……だって兄上！　絶対秀麗のなかで私は悪者ですよ⁉　絶対絶対兄上を追い出して縁《えん》まで切って当主におさまった極悪《ごくあく》非道の鬼畜叔父《きちくおじ》だと思われてるに決まってるじゃないですかっ‼　せっかく夏に『いい人』って言われたのに、最低の叔父サマね、大嫌いよそんなヒト——そう言われたらと考えるだけで耐《た》えられませんっっ！」

　そう言い続けて十余年。いまだ心の準備はできていない。

　まあ、極悪非道も鬼畜も間違《まちが》いではないのだが、秀麗にだけはイイトコを見せたいらしい。

（この甘さを絳攸殿にも一割でいいから見せてあげればいいものを……）

『黎深殿、どうじゃ、かわゆい娘《むすめ》であろ？』

兄の妻など、よほどの女でなければ認めないと思っていた。

『妾《わらわ》と邵可……煎《せん》じ詰めればそなたの血も受け継《つ》ぐ姪っ子じゃ。ふふふ、どうじゃ、むくむくと愛しく思えてきたであろ。秀麗はまだそなたの底意地の悪さも、天上天下唯我独尊我儘大王《ゆいがどくそんわがまま》性格もとんと知らぬ。ゆえにな――ほら、見てみぃ』

そっぽを向いていた黎深は、その言葉に誘《さそ》われてついうっかり赤子を見てしまった。

すると、なんとも小さなかわゆい手が、きゃっきゃと嬉《うれ》しそうに黎深に伸《の》ばされていた。

黎深の本性《ほんしょう》を知らないからこそ丸ごと受け入れてくれる存在がそこにあった。兄の血を継ぎ、このうえなく愛らしく、うまくいけば自分を愛してくれる可能性のある幼い姪。

――黎深はあっけなく姪っ子に陥《お》ちた。

『ほんに我が背の君が言うたとおりじゃな。妾にもかわゆい義弟君《おとうとぎみ》ができて嬉しいぞ』

赤子の扱《あつか》いなど知らないながら、揺《ゆ》りかごの周りをうろつくようになった青年に、義姉《あね》はそんなことを言ってのけた。

ある日突然《とつぜん》、兄が妻として連れてきた彼女は、立《た》ち居振《いふ》る舞《ま》いも、教養も気品高さも、どう考えても高貴の出としか思えないながら、兄は頑《がん》として妻の素性《すじょう》を語らなかった。

『妾と邵可の娘じゃからの。長じてのちもそなた好みの姪になること間違いナシじゃ。気に入られるよう、全力で頑張《がんば》るがよいぞ。笑顔《えがお》・優《やさ》しさ・思いやり、で得点上昇《じょうしょう》じゃ。まあとりあえず笑顔の練習じゃな……良き笑顔なら秀麗が笑い返すゆえ、今のうち練習するべし』

黎深は毎日真面目《まじめ》に練習した。傍《かたわら》で流れる子守歌がわりの二胡《にこ》を、今でも覚えている。

『のう黎深殿、いつかみなで幸せになれたらよいのう……』


はらはらと降りはじめていた雪は、あっというまに視界を真白く染めるほどになった。

龍山のとばくちにたどりついたときには、すっかり日も落ち、だいぶ雪も積もっていた。

「参ったな……これは捜《さが》すのも難儀《なんぎ》そうだ」

吐く息さえ凍《こお》りつきそうな厳寒のなか、さすがの絳攸も口をへの字にした。

「……ある程度場所を絞《しぼ》り込むことはできるかもしれません」

静蘭は考え深げに顎《あご》に手をやった。

「柳晋はかなり無鉄砲《むてっぽう》なところがありますけど、旦那《だんな》様のおっしゃるとおり、考えなしではありません。お嬢様《じょうさま》を結果的に川に突《つ》き落とした彼が、そのあと一人で冬の雪山に分け入った理由は多分――」

楸瑛はすぐに察して肯《うなず》いた。

「なるほど。薬草さがしか。龍山は薬草が豊富なことで知られているしね」

「ええ。薬はただでさえ高価ですし……。真冬の山に薬草などほとんど残っていないことと、雪山の危険性を差し引いても、もしかしたらと一縷《いちる》の望みにかけた可能性は、充分《じゅうぶん》あると思います」

「だとすると、薬草の生えている場所を重点的に捜せばいいわけか」

絳攸が手にした雪洞《ぼんぼり》でざっと辺りを一巡《ひとめぐ》りさせた。

「……午《ひる》に出ていったことを思えば、灯《あか》りはもっていないはずだ。この暗さでは、もう薬草さがしもできまい」

静蘭は気を引き締《し》めるように手綱《たづな》を引いた。

「行きましょう。大丈夫《だいじょうぶ》です、この山なら柳晋くんより詳《くわ》しい自信があります。お嬢様と一緒に十年以上、毎年毎年一緒に山菜及《およ》び薬草とりしてますからね」

絳攸と楸瑛はもう何度味わったかしれない敗北感をまたまた感じてよろめいた。

静蘭にビシバシ指導されながらなんとかつくった夕飯作りを思いだす。やれ千切りが甘い、塩入れすぎ、鍋《なべ》かき回せ、大根の葉を捨てるな、灰汁《あく》捨てろ、何だその餃子《ぎょうざ》は団子かそれでも劉輝の側近か情けない――秀麗も邵可もいないとあって容赦《ようしゃ》なく飛んでくる厳しいダメ出しに、現在王の左右に控《ひか》え、文武の出世頭名簿《しゅっせがしらめいぼ》最上位に再浮上《ふじょう》した二人は、一言も反論できなかった。見事な賽《さい》の目切りを見せつけられたあとでは、長さも厚さも不揃《ふぞろ》いなたどたどしい自分たちの千切りがいよいよ自信を喪失させた。

元公子様は完璧《かんぺき》主義者であり、たとえ素人《しろうと》といえども妥協《だきょう》を許さない厳しいお方だった。

さすがにこのときばかりは絳攸も文句も垂れず、静蘭の高い要求に応《こた》えるべく、楸瑛と協力して料理にあたった。……もし静蘭が即位していたら、どんな王になっていたか目に見えるようであった。

公子一優秀《ゆうしゅう》と謳《うた》われていたかつての少年は、市井《しせい》におりてさらに見聞を広げまくったに違いない。薬草とりの腕《うで》もきっと着々と彩雲国一に近づいているはず。

「……よ、よろしく頼《たの》む……」

二人はただそれだけを言って、手綱を打って静蘭のあとに従った。


その穴ぐらを示したのは楸瑛だった。

雪も吹雪《ふぶ》きはじめ、蠟《ろう》も半分が溶《と》けかかるころ――絳攸が、だいぶ積もってきた地面に妙《みょう》に不自然なでこぼこを発見したのだ。まるで掘《ほ》り返したあとのようなそれは、点々と続いていた。足跡はなかったが、もとより子供の浅い足跡ではすぐに雪の下に隠《かく》れてしまう。

三人は慎重《しんちょう》に辺りを照らし、名を呼びながら追跡《ついせき》したが、しばらく行くとそのでこぼこはふっつりと途切《とぎ》れてしまった。呼びかけに応える声もない。

どうするべきか立ち止まった時、楸瑛がふと穴ぐらの存在を思いだしたのだ。

「……そういえば、確かここらへんに、小さな穴ぐらが二つあるんだ。ちょっとわかりにくいけれど、子供なら見つけて遊び場にしているかもしれない」

「なんでそんなこと知ってるんだ？」

「や、龍山は羽林軍も訓練でよくくるんだけど、秋に山菜採り競争をしたことがあって」

静蘭と絳攸は目を点にした。……羽林軍の訓練で山菜採り？

「結構きついんだよ。両大将軍に足腰《あしこし》立たなくなるまでしごかれたあとに、龍山を麓《ふもと》から山頂まで全力疾走《しっそう》で往復、のち日暮れまで山菜を採れるだけ採ってこいってやつで、しかも左右羽林軍で種類ごとにわけて重さ量って競争することになってて」

「ああ、もしかしてそのあと、市《いち》に寄付しにきませんでした？　軍からのお裾分《すそわ》けで、山菜が安売りされると聞いて、お嬢様と二人で籠《かご》かついで駆《か》けつけた覚えがありますよ」

「そう、それそれ。採り尽《つ》くしたものだから、これから龍山に行こうと思ってた人がガッカリするだろうって大将たちが反省して、市に安く還元《かんげん》することに決めたんだ」

その会話に、絳攸は何と言ったものかわからなくなる。

楸瑛は馬から下りると、雪洞片手にあちこちを剣《けん》でつつきはじめた。

「うちの大将二人、ことあるごとに張り合うから、山菜採りも自然と競争になるんだけど。でも負けたほうの大将は散々荒《あ》れるから、皆、必死にキノコみつけたり栗《くり》の木にのぼったり芋掘《いもほ》ったりするわけだ」

「……お前も芋掘ったのか」

「そりゃ掘ったよ。どれが食用キノコでどれが毒キノコでどんな山菜がどこらへんに生えてるのかとか、前の晩に府庫借りて左羽林軍全員で徹夜《てつや》で勉強会までしたんだよ。すぐ隣《となり》では右羽林軍も同じことやってて、大将二人は本読みながら火花散らすし、うっかり舟漕《ふねこ》いだら大将の鉄拳《てっけん》飛んでくるし。……恐《おそ》ろしい一夜だった」

楸瑛の表情はかなり真剣だったために笑うに笑えなかった。……きっと色々あったのだ。

「当日、一番真剣に山菜採りしたのはもちろん大将二人なんだけど、……そのときキノコ探してる最中に二人が運悪く鉢合《はちあ》わせちゃってさ、何がどうなってそうなったのかいまだに不明なんだけど、穴掘り決戦繰《く》り広げはじめちゃったんだよ」

「……あ、穴掘り決戦？」

「そう。どちらがより深くより速く穴を掘れるかって。制限時間決めて横穴掘り始めたんだけど、はっきりいってモグラ顔負けだった。岩にぶつかれば拳《こぶし》で叩《たた》き割るし、木の根にぶつかれば問答無用で斬《き》り飛ばすし。どっちも一歩も退《ひ》かなくてね、制限時間設けなかったら、絶対龍山の裏側まで掘り抜《ぬ》いただろうね。あのとき、掘りだされた土砂《どしゃ》をせっせとかきだしたむなしさは忘れられない……。あ、あったあった」

楸瑛は繁《しげ》みをつつくと、一刀のもとに切り払《はら》った。その裏には、隣《とな》り合って確かに二つ、穴蔵があった。子供でも少しかがみ込まねば入れない大きさだったが、奥に行くにつれ広く高くなっているようだ。……大将軍たちの勝負に賭《か》けた熱意がありありと感じられる。

「あのあと右羽林軍の皇《こう》将軍と一緒に、穴ぐらを隠せるように繁みを植えたんだよ。むしろ忌《い》まわしい記憶《きおく》と共に埋《う》めてしまいたいって話してたんだけど、もうお互《たが》い気力体力もなくってねぇ……」

確かに、忠誠と剣を捧《ささ》げて付き従うべき大将軍たちに穴掘り対決などされてしまっては、部下の志気など地に落ちようというものだ。結局どちらが勝利したのか、絳攸は訊《き》きそびれてしまった。

「……すばらしい。藍将軍、大当たりですね」

静蘭が雪洞で照らした穴ぐらの片方——その入り口には、繁みのお陰《かげ》で雪ではなく地肌《じはだ》がのぞいていた。そこには浅く小さな足跡が確かに残っていた。

・❋・❋・

話し声で紅吏部尚書《りぶしようしよ》がいることに気づいた紫劉輝は、まさに扉《とびら》を開こうとしていた手をそろりと引き、忍《しの》び足でその場を離《はな》れた。

（こ、ここで紅尚書に叩き出されるわけにはいかぬ……）

秀麗急病の報を受けて、あんまり慌《あわ》てて駆けつけたために「夜這《よば》い御免《ごめん》状」（＝お宅訪問）の文を出すのを忘れてしまったので、今の劉輝は圧倒的に立場が弱い。

（……それにしても、なぜ邵可と紅尚書しかいないのだろう……？）

静蘭もいないことに首を傾《かし》げつつ、劉輝は秀麗を捜しに行くことにした。貴族の邸《やしき》などどこも似たような造りなので、すぐに見当はついた。奥に灯りが漏《も》れている一室がある。

音を立てないように扉を少しだけ開き、そっとのぞくと、秀麗のやや荒《あら》い息遣《いきづか》いが聞こえてきた。劉輝は躊躇《ためら》いもせずにそのまま室の中にすべりこむ。

あるだけの火鉢《ひばち》をかき集めたようで、室のなかはずいぶんと暖かかった。

秀麗とこうして会うのは、ずいぶんと久しぶりだった。けれどさすがに、苦しそうな秀麗を前にしては、嬉《うれ》しさよりも心配が先に立った。

眠《ねむ》っているというか、熱による昏睡《こんすい》のような状態らしく、起きる気配はまるでない。林檎《りんご》のような秀麗の頬《ほお》に指をすべらせると、ずいぶんと熱い。額にのせられた氷袋はすっかりぬるくなっていた。劉輝はたぷたぷした袋としばし睨《にら》み合った後、窓から外に飛び降りた。積もりはじめていた雪をかき集め、ぬるい水を捨てた皮袋にせっせと詰《つ》める。

再び室内に戻《もど》ると、やはりぬるくなっていた額の布をそばの盥《たらい》にひたしてしぼり、雪袋と一緒に額にのせ直す。それがよかったのか、秀麗の苦しげな顔がわずかにゆるんだ。

額に温度差ができたためか、汗《あせ》がいくつも玉を結び、こめかみを伝って流れおちはじめる。劉輝は自分の手巾《てぬぐい》でぬぐおうとして――それが、秀麗がくれた桜の刺繍《ししゅう》入りのものであることに気づいて慌ててひっこめる。かわりになるものを探し、やがて自分のやわらかい生地《きじ》の内衣に目を留めて袖《そで》部分を豪快《ごうかい》にひきちぎった。

（……あ、あとで珠翠に怒《おこ》られたら素《す》直《なお》に謝ろう……）

袖の切れはしで、浮《う》かぶ汗をそっと吸いとってやる。雪袋をのけて額をぬぐい、こめかみから頬、鼻の頭――そして首筋に汗ではりついたほつれ毛を指先で丁寧《ていねい》にほどくと、熱でほてった華奢《きゃしゃ》な鎖骨《さこつ》と肩《かた》の線が露《あら》わになった。

秀麗の睫毛《まつげ》が、わずかに震《ふる》えた。けれど起きる気配は、ない。

吸い寄せられるように視線が外せなくなる。劉輝は細い首の下に腕を差し入れると、雪袋を落とさないようそっと小さな頭を起こした。そしてうなじの下に乱れてからみつくたっぷりとした髪《かみ》をもう片方の手で枕《まくら》の外に流してやり、汗で濡《ぬ》れたうなじを優《やさ》しくぬぐう。

再び枕に頭を載せると、額の生え際《ぎわ》を撫《な》でつけ、後《おく》れ毛を耳のうしろに梳《す》きやり——首筋から鎖骨へ睦《むつ》むように指先でなぞる。薄紅色《うすべにいろ》に色づく肌《はだ》は、熱く潤《うる》んでいた。

劉輝の長い指は鎖骨で止まったが、そのまま離れることもなく。

いつのまにか表情の消えた眼差《まなざ》しは、朱《しゅ》に染まった耳たぶを辿《たど》り、花びらのように時折震える睫毛やかぼそいうなじをさまよい——口づけを乞《こ》うように少しだけひらいた唇《くちびる》で止まる。

覆《おお》いかぶさるように寝台《しんだい》についた手に力がこもる。首が僅《わず》かに傾《かたむ》いたけれど、何かに押しとどめられたようにそれ以上は沈《しず》まなかった。

時が凍《こお》ったのではないことの証《あかし》に、はらりと劉輝の表情を隠すように髪がこぼれる。

ぱちんと、火鉢にくべていた炭がはぜた。

氷が溶《と》けるように、鎖骨に触《ふ》れていた劉輝の人差し指が動いた。音もなく袷《あわせ》に伸《の》びた指先は、ややはだけていた寝間着《ねまき》を器用にあわせ、ずれていた掛布を顎《あご》まで引き上げる。

（……病で寝《ね》込んでいる女人を襲《おそ》ってはいけないのだ……）

なけなしの自制心を発揮して劉輝は視線をひきはがし、鎖骨に触れていたほうの手をぎゅっと拳に握《にぎ》りしめる。指先と心の甘い震えには、気づかないふりをした。

気を散らすようにぐるりと室を見回すと、隅《すみ》に綺麗《きれい》に片づけられた小さな書卓があった。

その上にちょこんと載《の》っているものを見て、劉輝は思わず腰《こし》を浮かした。

『室に飾《かざ》ってあるわ』

……霄太師に騙《だま》された結果とはいえ、愛の証と信じて贈った呪いの藁《わら》人形だった。けれど、少女はそれを大切にとってくれていたのだ。

藁人形の下から文箱が現れた。質素な室には妙に不釣《つ》り合いな、螺鈿《らでん》が精緻《せいち》に施《ほどこ》されたこれにも、見覚えがあった。後宮をおりた秀麗に、一番はじめに文を託《たく》して贈ったものだ。

『一行文にこんな高価な漆《うるし》の文箱使ってどうするの！　売って家計の足しにするわよ』

いけないと思いつつも、誘惑《ゆうわく》にたえきれず蓋《ふた》を開ける。そこには、思った通り劉輝が今まで贈った文がすべてきちんとおさめられていた。

愛《いと》しさと、切なさと。泣きたくなるような思いに心が痛い。

……知っている。自分が秀麗を愛する気持ちと、彼女が自分に向けてくれる気持ちは違《ちが》う。世の中はなぜこうも不公平なのだろう。彼女の心に変化はないのに、自分だけがこうして勝手にからめとられ、想いばかりが雪のように降りつもる。

――なぜ彼女が後宮にいるあいだに、すべてを求めなかったのだろう。

目を閉じ、嵐《あらし》のようにうずまく激情を静かにおさえる。

……大丈夫《だいじょうぶ》。

「……大丈夫、まだ…まだ、待てる……」

僅かにかすれた声で、自身に言い聞かせるように呟《つぶや》く。文箱と藁人形を元通りにしながら、ふと思いついて人形に細工をした。

そしてまた寝台の傍《そば》に戻り、ぬるくなった雪袋や額の布をかえたりと、甲斐甲斐《かいがい》しく世話をした。そのうちに秀麗の唇が熱のためにカサカサに乾《かわ》いてきて、見るのも痛々しくなった。水を飲ませるべきかと思ったが、眠っているのを無理に起こすのもはばかられた。

口移しというあまりにも甘い誘惑にかなりぐらついたが、必死に首を振って追い払う。

一考し、新しく破った袖に吸い飲みの液体を染《し》みこませ、それで唇をぬぐって湿《しめ》らせることにした。根気よく繰り返しながら、劉輝は思わずぶつぶつと不平をこぼした。

「……秀麗は、あまり病気になってはいかんな。病の女人というものがこんなに隙《すき》があって無防備極《きわ》まりないものとは……何の拷問《ごうもん》だ」

ただでさえ髪をおろしている秀麗は、否応《いやおう》なく夜を過ごした去年の春を思いださせる。抱《だ》きしめるだけで満足していたあの日々は、もう二度と戻らない。

それを自覚していたからこそ、劉輝は慎重《しんちょう》に、注意深く、彼女と接してきた。けれど。

――自分を慰《なぐさ》めてくれたあの二胡《にこ》を、もういちど聴《き》ける日はくるのだろうか。

自問して、苦笑する。……これも、わかっている。

適性試験を、見事な成績で及第《きゅうだい》した。これから受けることになる会試も、おそらくは。

(……余は、本当に馬鹿《ばか》だ)

自らの手で、最愛の女人《ひと》を遠ざけることばかりしている。

(それでも――)

劉輝はきょろきょろと周囲を確認《かくにん》すると、上気した顔の横にこぼれる髪をひとふさすくいあげ、口づけを落とした。……このくらいは許されるだろう。

そのとき、秀麗の眉間《みけん》が微《かす》かに寄ったのが見えた。瞼《まぶた》が大きく震える。

「……う、うえ……ま、まずい……」

唇を湿らせていた布を吐《は》き出すように、ぺっぺっと小さな舌がのぞいた。

劉輝は目を丸くした。……まずい？

それはともかく、目が覚めたなら発汗《はっかん》したぶんの水分はちゃんととらねばと、劉輝は秀麗の頭を支え、吸い飲みをとった。思いついて、置いてあった薬包を吸い飲みのなかにサラサラと流し込む。

「秀麗、しっかりするのだ」

口許《くちもと》に寄せられたそれを反射的にすすってしまった秀麗は、次の瞬間《しゅんかん》カッと目を見開いて飛び起きた。

そして地獄《じごく》を見たような絶叫《ぜっきょう》が邵可邸《てい》に響《ひび》き渡《わた》る。

「お嬢《じょう》様っ⁉」

「秀麗殿《どの》⁉」

「どうした何かあったのか⁉」

「秀麗、どうしたんだい⁉」

すさまじい悲鳴に、静蘭、楸瑛、絳攸、邵可が雪崩《なだれ》をうって室に飛びこんだ。

そこにあったのは、涙目《なみだめ》で顔を歪《ゆが》め、薄《うす》い夜着の胸元《むなもと》をぎゅっとかき合わせた秀麗と、おろおろとうろたえる劉輝の姿であった。……なぜかその袖がひきちぎられている。

どう見ても『動けない秀麗をむりやり襲っている夜這《よば》い男之図《のず》』であった。

瞬間その場に渦巻《うずま》いた殺気はいったい誰のものだったのか――絳攸は勿論《もちろん》、羽林軍屈指《くっし》の武将である楸瑛も、芯《しん》から凍りついたために分析《ぶんせき》不可能だった。

――というか、知りたくなかった。


「余、余は何もしていないと言ったのに……」

大好きな静蘭《あに》と邵可に一瞬とはいえ鬼神《きしん》のような形相を向けられた劉輝は、しくしくと泣きぬれていた。さすがに罪悪感を抱きつつ、静蘭はちらりと傍に置かれた吸い飲みを見た。

ちなみに邵可は何もなかったと判ると、さっさと庖厨《だいどころ》に飛んでいった。

「……葉医師のお薬はともかく、旦那《だんな》様お手製の生姜湯《しょうが》を飲ませてしまったんですね……」

静蘭がもってきた、今度こそまっとうな水をがふがふあおりながら、秀麗はまだぼろぼろ涙をこぼしていた。まさに鼻と喉《のど》と胸に大激震《げきしん》が走った感じだった。

「しょ、生姜湯って……全然生姜の味しなかったわよ!?」

「生姜は切らしておられたそうだ……生姜がないのに生姜湯をつくれるとはさすが邵可様」

なんとか邵可の威厳《いげん》を保たせようと奮闘《ふんとう》した絳攸だったが、言葉にした途端《とたん》、己《おのれ》の敗北を自覚した。そもそも声が棒読み、視線も逸《そ》れているのでは説得力皆無である。

「ああでも、確かに元気にはなったかな。熱も下がりはじめたんじゃないかい」

　楸瑛が感心したように呟いて秀麗の額に手を伸ばそうとすると、うしろから絳攸にガクンと襟《えり》をひかれ、前方にすかさず静蘭と劉輝が割って入った。

「……私はそんなに信用ない？」

「あるわけないだろこの常春頭《とこはるあたま》」

「ご自分の日々の行状を振《ふ》り返ってください」

「珠翠から後宮での楸瑛に関する苦情を毎日のように聞かされているのだぞ」

　次々間髪いれずに返ってきた返事に、楸瑛はため息をついた。

「……いくら私だって病の女性に手を出すようなことはしないよ。まあ、確かに髪を下ろした秀麗殿は艶が増して、桃《もも》のように染まった頬も愛らしくて魅力《みりょく》的なのは認めるけれど」

　だが、すぐさま絳攸に罵倒《ばとう》される。

「春まで雪に頭つっこんで氷づけになってろ！　真冬に季節はずれの花咲《さ》かすな！」

　秀麗はなんとか刺激《しげき》のおさまってきた喉をおさえ、楸瑛を庇《かば》おうとした。

　そのとき勢いよく扉《とびら》が開いたかと思うと、小さな影《かげ》が飛び込み、秀麗の寝台に駆《か》け寄った。

「秀麗　師《せんせい》！」

　体当たりでぶつかってきた少年に、秀麗は驚《おどろ》いた。追いかけっこをする前まではなかった、両手両足にぐるぐるまかれた真っ白い包帯にぎょっとする。

「柳晋!?　どうしたのその包帯！」

寝こんでいた秀麗は知るよしもなかったが、実はあの穴ぐらの奥で薬草を手に、力尽きたように倒《たお》れていた柳晋を見つけた静蘭たちは、すぐさま黄尚書の邸《やしき》に運び込んだのだった。

両大将軍が穴掘《あなほ》り勝負にかけた熱意のお陰《かげ》で、それは穴ぐらというよりすでに洞窟《どうくつ》に近く、雪風《ふ》も吹きこまないほどの奥は地熱がたまっていたのかむしろ暖かくさえあった。それでもむきだしの手足は凍傷《とうしょう》になりかけていた。だが、黄尚書の要請《ようせい》を受けて待機していた葉医師は名医の呼び声に恥《は》じぬ腕前《うでまえ》の持ち主で、切り落とすことはないだろうと保証してくれた。とはいえかの名医ですら「命に別状はないが、今日一日は絶対安静」と黄尚書に念を押していたのだが――。

「……どうしても、会いに行くと言ってきかなかったのだ」

仮面でくぐもった声の主の入室に秀麗が声を上げる前に、柳晋が「ごめん」と謝った。

いつも元気いっぱいな悪ガキが、ぼろぼろと涙をこぼしている。

「……秀麗師、このあいだ、お道寺《てら》での勉強はちょっとお休みするって言ったじゃん。でも俺、聞いちゃったんだ。堂主様にさ、もしかしたら、これからずっとこれなくなるかもしれないって師《せんせい》、言ってたろ」

「――――」

嘘《うそ》はつけなかったから、秀麗は何も言えなかった。もし――もし会試と殿試《でんし》に及第することができたら。夢にまで見たその日が訪《おとず》れたら、……もう塾《じゅく》はできなくなる。

「ほ、本当は、宿題だって毎日やってた。でも出したらそれで終わりじゃん。邪魔《じゃま》も悪戯《いたずら》もしなかったら、秀麗師あっというまに金稼《かせ》ぎに飛んでっちゃうじゃん。今日は一つ多く仕事できるわーって。おとなしくしてたら合間縫《ぬ》ってせっせと写経《しゃきょう》の賃仕事しはじめるくらいだし」

いっせいに突《つ》き刺《さ》さってきた視線に、秀麗はだらだらと冷たい汗《あせ》を流した。

(……だ、だって手習いさせてる合間の時間が勿体《もったい》ないと思って……)

柳晋はしゃくりあげるのが恥ずかしいのか、必死で何度も息を吸っていた。

「そ、それでも、ずっといてくれるならいいよ。二胡だっていつでも聴けるって思ってた。でも残りの時間が少ないなら、もっともっと一緒《いっしょ》にいたかったんだ。こま、困らせてやりたかったわけじゃないんだ……でもそのせいで川に落っこちて病気にさせるなんて……」

ごめんと何度も何度も繰《く》り返す少年に、秀麗は苦笑《くしょう》した。その頭を優《やさ》しく撫《な》でる。

「……私こそごめんなさい。たくさん我慢《がまん》させていたのね」

柳晋は布の巻かれた手の甲で、ぐいと乱暴に涙をぬぐうと、秀麗の布団《ふとん》にかじりついた。

「〜〜〜秀麗師！　嫁《よめ》になんていくなよっ！」

思わずといったふうに叫《さけ》んだ柳晋に、その場の全員が目を点にした。……嫁？

「だってこれなくなるってそういうことだろ？　誰《だれ》かの嫁になって、どっか行っちゃうんだろ!?　あっ、慶張の兄ちゃんとかだったら許さないからな！　おれが貰ってやるからもうちょっと待っててくれよ。歳《とし》の差なんて気にしないし、じゅーにんまえでも気にならないし、それにあと五年たったらおれ絶対静蘭なんかに負けない男になってるって！」

妙《みょう》に気になる単語があったのは気のせいだろうか。

「や、柳晋、別にお嫁に行くワケじゃ」

「ちょっと待つのだ少年！　そういうことなら余も黙《だま》っては」

「あんたは黙ってなさい！」

直後、劉輝は身をひるがえして、まさに後頭部を直撃《ちょくげき》しようとしていた何かをはっしと受けとめた。反射的に受けとめたそれを見て、秀麗と柳晋以外の全員がうっと息を詰《つ》める。

「……？　なんでいきなり扇子《せんす》が飛んできたの」

しーん、と空気が凍《こお》りついた。秀麗の問いかけに答えるものは誰もいない。

――いる。きっといる。扉の脇《わき》に絶対いる。誰もがそう確信した。

「誰の扇子なの？　あら、ものすごく良いお品じゃない」

静蘭と楸瑛と黄尚書がちらりと絳攸に視線を送る。

絳攸は必死で気づかないふりをした。そして上司兼《けん》養い親が現在自分に求めている行動を、朝廷随一《ちょうていずいいち》の才人の名にかけて把握《はあく》すべく全速で頭を回転させた。

(今ここで、あのひとの存在を明かすべきか⁉　それともなんとか取り繕《つくろ》うべきか――⁉)

「おや、劉輝様、申し訳ありません。ちょっと手がすべって扇子が飛んでしまいました」

おかゆの盆《ぼん》を手ににこにこ入ってきた邵可は、あっさりとそんな嘘を言った。

「柳晋くんも、お父さんが心配しているからそろそろ戻《もど》りなさい。秀麗のために薬草を摘《つ》んできてくれてありがとう。ちゃんと使わせて頂くよ。……今日はゆっくり休んで」

いたわるように軽く首筋を叩《たた》く。柳晋はすうっとやわらかな綿にくるまれたような気分になり、こっくり肯《うなず》いてそのまま意識を手放した。それはあまりにさりげなくて、楸瑛や静蘭でさえ邵可が何をしたのか気づかなかった。

「……柳晋が、薬草を？」

「うん。君のために雪山を掘《ほ》ってさがしに行ってきてくれたんだよ」

真っ白い包帯の意味がようやくわかる。秀麗は眠《ねむ》る柳晋の頭をそっとなでた。

「あと皆さんにお礼を言いなさい。君が熱を出したと聞いて、お見舞《みま》いに来てくださったんだよ。特に黄尚書はそこに飾《かざ》ってある蘭やお薬をもってきてくださってね」

秀麗は顔を上げると、花瓶《かびん》に生けられた見事な蘭花に目をすべらせ、次いで室の隅《すみ》でゆったりなりゆきを見守っていた仮面の尚書を仰《あお》いで、照れたように笑った。

「す、すみません黄尚書、何のおかまいもできなくて……こんな綺麗《きれい》なお花までくださって。男のかたにお花を頂くことなんか滅多《めった》にないですから、嬉《うれ》しいです」

楸瑛は天を仰いだ。……この自分が女性に見舞いの花束を忘れるとは。

（いつも食材が喜ばれるから、そっち方面にしか気が向かなかったとはいえ……不覚！）

ちなみに手ぶらできた劉輝は論外である。

黄尚書は音もなく近寄ると、ごく自然な仕種《しぐさ》で秀麗の汗ばんだ額に手を当てた。

「……熱はまだあるが、だいぶ顔色がよくなったようだな。今後は重々体には気をつけるように。せっかく適性試験を通ったのだから、万端《ばんたん》整えて臨《のぞ》みなさい。……待っている」

尊敬する黄尚書の、さりげなさのなかにこめられた優しさを感じ、秀麗は瞳をうるませた。

自然、「はい」と返した言葉にも親愛があふれる。

そのただならぬ様子に、劉輝は絳攸をつかまえて「いつ知り合ったのだ！　余の知らないうちに何が！」と問いつめたが、絳攸は扉の外から漂《ただよ》う濃厚な怒りの気配のほうが百倍気がかりでロクな返事ができない。

「あ、もしかして、あの糖蜜漬《とうみつづ》けや、お薬の山も黄尚書が？」

秀麗が卓子《たくし》にてんこもりになっていた包みの中身を指差すと、再びその場に緊張《きんちょう》が走る。

「……いや、あれは私ではないが」

「じゃあ絳攸様か藍将軍ですか？」

「私じゃないよ」

「……お、俺、でもない……」

「なんだか顔色が悪いですよ、絳攸様。じゃ、劉輝……のわけないし」

「なんでだ！」

「だって夏のゆで卵みたいに、同じものを大量にもってくるにきまってるもの」

それどころかカラ手できた劉輝は言葉に詰まった。……大失敗だ。

「……あと誰かいるの？」

その瞬間、秀麗以外の全員が意識を扉《とびら》へ向けた。

邵可は待ってあげた。なんとかきっかけをつくろうと絳攸が声を上げかけるのを視線で制する。——甘やかしてはいけない。

一、二、三。応答なし。
邵可は無情にも、落第の判子を弟の額《ひたい》にペコッと押した。

「いらっしゃったんだけどね、もう帰ってしまわれたよ。この扇子は忘れ物かなき、厳しい——！」

ズバッとした切り捨てに、絳攸は息切れがじそうになった。扉の陰にひそむ黎深の口から魂《こん》魄《ぱく》が飛んでいくのが目に見えるようだ。

「え？ やっぱりどなたかいらっしゃったの？」

「自分できちんと名乗りたいそうだからそれはまだね。好意だけ受けておきなさい」

「う、うん……？」

「さっき静蘭がおかゆをつくってくれたから、食べられそうなら食べて、またゆっくり眠りなさい。いまお茶を淹《い》れてくるからね」

最後のひと言にその場が凍りついたが、制止する前に邵可は出て行ってしまった。娘《むすめ》の熱が下がってきたのを知って、上機嫌《じょうきげん》なのである。

秀麗は自分の父のことゆえ潔《いさぎよ》く覚悟《かくご》したが、客人たちを道連れにしないよう配慮した。

「……い、今のうちに皆《みな》さんおお帰りになってください。あ、明日のお仕事に支障をきたすようなことになったら、とんでもないことに……本当に、遠慮《えんりょ》なさらずに今すぐ！」

黄尚書は布団にへばりついて眠っている柳晋を軽々と抱《だ》き上げた。

「……この少年、今日は私の邸《やしき》で休ませる。今頃《いまごろ》父親が気を揉《も》んでいるだろうからな。葉医師も留《とど》まってくれているゆえ、言葉に甘えて私は先に失礼する」

「あ、本当に、今日はきてくださってありがとうございました」

黄尚書の手が伸《の》び、秀麗の喉元《のどもと》をかすめるように触《ふ》れる。長い指でもつれていた髪《かみ》をほどき、背中に梳《す》き払《はら》ってくれたのだと知るまでに少しかかった。

「……養生しろ。全快したら、今度は椿《つばき》の花を贈《おく》ろう」

引き際《ぎわ》も鮮《あざ》やかに颯爽《さっそう》と踵《きびす》を返し、柳晋を抱《かか》えて出て行く黄尚書は、不気味な仮面など気にもならないほど恰好良かった。

——ちなみに、室を出た奇人は、もう一つの拾いものをした。

「帰るぞ黎深。近所迷惑《めいわく》だからこんなところで置物になってるんじゃない」

「……叔父《おじ》…私は君の叔父さん…叔父上で、優しい紅黎深です……ずっと君を物陰《ものかげ》から……毎朝毎晩でも君のお饅頭《まんじゅう》を食べたいと願い続けて幾星霜《いくせいそう》……」

隅にうずくまってぶつぶつと呟《つぶや》きつづけるその様はちょっとした怪談だった。邵可がとっくに落第印を押したことにも気づかず、ずっと自己紹介《しょうかい》の練習をしていたらしい。

奇人は空いているほうの手で、黎深をずるずるとひきずった。

「未来の義理の叔父に今日くらいは優しくしてやる。今のお前を紅邸《てい》に帰したら、八つ当たりされた李侍郎が精魂《せいこん》尽き果てて明日の政務で使いものにならないだろうからな。うちで引き取ってやる。同期の情けだ。ありがたく思え。呑《の》むなら付き合うぞ」

「仮面男を義理の甥《おい》になんてするもんか。秀麗には私が、この世で一番の旦那《だんな》さんを見つけるんだ。兄上の義理の息子《むすこ》になるんだから……真っ赤な他人が息子！　そんな男許さん！」

「錯乱《さくらん》するな馬鹿《ばか》。しかし邵可殿を父と仰ぐになんら問題はない。この世で一番になる自信もある。何より秀麗は私の素顔《すがお》を見てもちゃんと会話が成り立つからな」

奇人の仮面でこもる声は、冗談《じょうだん》だか本気だかわからない。

歩く気のない黎深を力ずくで引きずりながら、奇人はやや意地の悪い笑いを浮《う》かべた。

「……それにしても、からかい甲斐《がい》があるものだ」

激しい衝撃《しょうげき》を受けた王の顔は、なかなかの見ものだった。そしてもう一人。

「鳳珠……本気で私と争奪《そうだつ》戦をするつもりか」

「勝負にならんな。まずはせいぜい名乗れるように頑張《がんば》れ」

「敵に塩はもらわんっ」

「邵可殿と二人で食事ができたのだろう。良かったじゃないか。今日はそれで満足しておけ」

その言葉に、黎深はかなり長く黙ったのち、小さく肯いたのだった。


一方、室では楸瑛が思わぬ黄尚書の男ぶりを垣間《かいま》見て心底感心していた。

「……お見事。大人の魅力《みりょく》と余裕《よゆう》全開だね。悔《くや》しいが今日は負けたな……。仮面をしてもあれだけの男ぶりとはねぇ」

一方、劉輝はふるふると震《ふる》えていた。——なんだ今の恋人《こいびと》同士のような一場面は！

「なんだ!?　なんでそんなに親しげなのだ秀麗ッ。黄尚書が椿を贈るなんて聞いたこともないぞ！　余なんていつも考えナシとか底が浅いとか働け昏君《ばかとの》とか怒《おこ》られてばかりなのにっ！」

「……そりゃ王のくせにほいほいこんなところにくるんだから、怒られてもしょうがないじゃないの。それにしても、本当に奥さんがいらっしゃらないのが不思議ね。優《やさ》しいのに」

あの戸部尚書に対してそんなことを言えるのは秀麗だけだろう。

「じゃなくて、絳攸様も藍将軍もお茶が入らないうちに早くお帰りになってください！」

父茶の現実を思いだした秀麗は慌《あわ》てて急《せ》きたてた。

なんだか色々あり過ぎて、精神的に疲《つか》れ切っていた二人は素直に肯こうとした。が。

寸前、背後から静蘭にがっしと腕《うで》をつかまれた。

「――お二人とも、庖厨《だいどころ》のあとかたづけが残ってます」

秀麗に聞こえないほど低い――かつ冷ややかな囁《ささや》きに、二人は逃《のが》れられない運命を悟《さと》った。

調理具を片づける前に山へ行くことになり、戻ってきたらきれいに平らげられた皿の山が増えていた。しかも現在、邵可がお茶を淹れる過程でさらに荒《あ》らしている可能性が大だ。

――そんな邸の現状を前に、有能な家人・静蘭がみすみす鴨《かも》を逃すはずがない。

鴨二羽はあっさり捕獲《ほかく》された。静蘭はにっこりと秀麗にほほえみかけた。

「お嬢様《じょうさま》、雪も積もって参りましたし、お二人ともよろしければお泊《と》まりになりたいとのことです。家事もお手伝いしてくださるそうで、大変助かります」

「え、ダメよお客様にそんなこと！」

絳攸と楸瑛は心の泉を発見して、思わずほろりとした。渡る世間は鬼ばかりではない。そう、この心優しい少女のためなら。

「……いいんだよ秀麗殿《どの》。今日は私たちがやっておくから。あとでお見舞《みま》いの花も届けるね」

「いつも馳走《ちそう》になっているしな。気にせずゆっくり休め」

そんなやりとりを聞いて劉輝が何も言わないわけがなかった。

「余、余も手伝うぞ！　役に立つぞ!!」

静蘭は笑顔《えがお》で肯《うなず》いた。

「ありがとうございます、主上。きっといつか鍋磨《なべみが》きの経験が役に立つ日がくるでしょう」

一国の主さえ顎《あご》で使って鍋を磨かせる男——茈《し》静蘭。

その日、彩雲国の王とその側近二人が夜中まで皿洗いに勤《いそ》しんでいたことを知る者は少ない。

『知っているか。しつこい茶渋《ちゃしぶ》の汚《よご》れは塩で落とすと良いのだ。米ぬかは捨ててはいかんぞ。雑巾《ぞうきん》に染《し》みこませて磨くと床《ゆか》がぴかぴかになるのだ』

のち、王が得意げに披露《ひろう》するようになったおばあちゃんの知恵袋《ちえぶくろ》的知識の仕入れ先に、臣下たちはこぞって首をひねることになる。

終

葉医師の薬のせいか、はたまた邵可の特製生姜湯《しょうが》のせいか、粥《かゆ》を食べ終わる頃《ころ》には、秀麗はだいぶ体が楽になっていた。ほかほかと体も温まり、とろとろと眠《ねむ》りが優しく手招く。

目を閉じる前に、秀麗は書卓《しょたく》に置いてある藁《わら》人形にちょっとした変化があるのに気がついた。

藁人形の首に薄《うす》い紫絹の切れ端《はし》が蝶々《ちょうちょう》結びで巻かれてあったのだ。

洒落《しゃれ》た衣《ころも》に秀麗は思わず噴《ふ》きだした。いつのまにか藁人形が装《よそお》っている。でも藁人形。

……知っている。騙《だま》されて藁人形を贈ったことを、本当はとても気にしていること。

数々の的外れな贈り物も、すべてちゃんと心がこもっていること。

決して最後の一線を踏《ふ》み越《こ》えないこと。

だから彼のいくつもの言葉が本当はどういう意味をもっているのか、考えずにすんだ。

それは、かりそめの平穏《へいおん》。

夢うつつで、そっと触れてきた手を思いだす。

どこまでも優しく、花びらや雪の結晶《けっしょう》を愛《いと》おしむように繊細《せんさい》に。ただ指先だけが、揺《ゆ》らがぬ意思と内に秘《ひ》める激情を物語るように熱かった。

熱で朦朧《もうろう》としていたから、あれが夢か現《うつつ》かも判然としないけれど。

（もしもあれが劉輝の一面だとしたら……）

彼は慎重《しんちょう》に、辛抱《しんぼう》強く、秀麗の心をはかり、時を待っている――気がした。

感じるのは優しさではなく、えもいわれぬ不安。

たとえば彼が諾《だく》か否《いな》かを突《つ》きつけてきたなら、今の秀麗が返せる言葉は一つしかない。

いっそ、それですべては終わるのに、彼は決して口にしない。その注意深さが、一時《いっとき》の感情に囚《とら》われることなく冷静に、そして必ず手に入れようとする強い意思の裏返しのように思えて。

――時折、懼《おそ》れにも似た影が心に兆《きざ》す。

紫衣《しい》をまとった藁人形がゆっくりと瞼《まぶた》の向こうに隠《かく》れていく。

いまだ妃嬪《ひひん》をもたぬ王。

（……どうか）

一人でいい。誰か、綺麗《きれい》でかわいい深窓のお嬢様を奥さんにもらってくれたなら。

かつて侍官《じかん》をとっかえひっかえしていたように、後宮に百花を咲《さ》き誇《ほこ》らせるのでもいい。

うぬぼれかもしれない。劉輝の示す愛情は邵可《ちち》への親愛に似たものなのかもしれない。妃嬪がいないのは他《ほか》に理由があって、別に秀麗のせいなどではないかもしれない。

けれどいつまでも空のままの後宮は、まるでただ一人しか受け入れぬと告げているようで。

（お願い……）

そんなに慎重にならないで。

その優しさも、寄せてくれる想《おも》いも、戸惑《とまど》いはしても、決して嫌《いや》ではない。

掌《てのひら》で慈《いつく》しむように愛してくれる彼に、いつか同じ想いを抱《いだ》く日がくるかもしれない。

それでも――。

『愛し愛されるだけでは、どうにもならぬこともあるのじゃ』

うずもれた記憶《きおく》の彼方《かなた》から声が聞こえる。熱っぽく腫《は》れた瞼をついに閉じて、秀麗は肯く。

そう。そのとおり。愛し合うだけではどうにもならないこともある。

ああ、そうだ。だからこそずっと、恋をすることから逃げてきたのだと思う。


――私は、多分あなたに――を返してあげられない。


まどろみつつ、夢のなかで包み込むように触《ふ》れてきた手に、ぼんやりと告げる。

――……だからお願い……どうか私だけを愛しているなんて言わないで。

閉じた睫毛《まつげ》の端《はし》から、たまっていた涙がひとしずくだけ零《こぼ》れて頰を伝った。


翌日、秀麗はあれほどの熱にうなされていたのが嘘《うそ》のようにけろりと全快した。

(……なんだか、夜中にごちゃごちゃと考えてた気がするけど……なんだったかしら?)

まるで覚えていない。

風邪《かぜ》のせいか、不覚にも寝過《ねす》ごしたため、劉輝たちはすでに城へ帰っていた。惨状を覚悟《かくご》していた庖厨《だいどころ》は、驚《おどろ》くほどピカピカだった。……ずいぶん大変だったろう。

（あとで皆様《みなさま》にお見舞いのお礼をしなくっちゃ）

「それにしてもなんか、久しぶりに風邪ひいて得した感じ」

母の思い出も夢に見て、皆に甘やかされて、心配されて、秀麗は嬉《うれ》しかった。

ちなみにその日、宋太傅からは「乾布摩擦《かんぷまさつ》がいいのだ」と大量の手ぬぐいが送られてきた。霄太師からは「コレで秀麗殿は元気一発じゃ！」と「絵に描《か》いた金塊《きんかい》」特大絵巻物が届いた。御利益《ごりやく》がありそうなので秀麗はきちんと飾《かざ》って毎日拝むことにした。楸瑛からも早々に早咲《はやざ》きの見事な梅の枝が届き、黄尚書も約束通り椿《つばき》の一枝を贈《おく》ってくれた。なんと珠翠や胡蝶妓《ねえ》さん、街の人々までぞくぞくと見舞いにきてくれ、皆の優しさがしみじみと心に染みた。

「お嬢様、まだお薬湯は飲まないといけません。火鉢《ひばち》の炭もケチってはいけません」

「そうだよ秀麗。あったかくしてちゃんと眠るんだよ。窓あけちゃダメだよ」

なかでも、父と静蘭の優しさが。

――後日、絳攸経由で黎深のもとへ例の扇子《せんす》が返却《へんきゃく》されてきたのだが、そこにはなんと『お見舞いにきてくださったご親切なかたへ』と秀麗の文が結びつけられていた。たくさんの贈り物に対する丁寧《ていねい》なお礼状に、黎深が狂喜乱舞《きょうきらんぶ》したのは言うまでもなかった。

「ふふふどうだ絳攸！　秀麗の直筆だぞ！　この墨《すみ》の黒々とした濃《こ》さに愛を感じるだろう」

「……よかったですね黎深様……」

その後しばらく、朝廷《ちょうてい》では吏部尚書《りぶしょうしょ》が頭の病に冒《おか》されたとまことしやかな噂《うわさ》が流れた。

かの女《ひと》は、とても頑固《がんこ》だった。

『そも、愛とはなんじゃ？　おぬしは自分を馬鹿《ばか》じゃと思わぬか？　殺す相手に惚《ほ》れただと？　そんなとんまな兇手《ころしや》など聞いたこともないわ。まあここまでやってきたことを思えば、その技《ぎ》倆《りょう》が人後に落ちぬのは間違《まちが》いなかろう。くだらんことをくっちゃべってないで、とっとと為《な》すべきことをするがよい。あまたの首を人形のごとく落としてきたように、妾《わらわ》の首ももぐがよい。その氷のような心なら眉《まゆ》一つ動かさずにできようて。それで仕舞いじゃ』

ひらひらと蠅《はえ》を追うように適当な手つきは、心の底からうんざりしているようであった。

けれどその雷光《らいこう》にも似た激しい眼差《まなざ》しに、一目で陥《お》ちた。

『愛？　そんなもん、何の役に立つというのじゃ』

殺せと命じられてきた相手に手を下すどころか、両手両足の鉄枷《かせ》を解いて心のままに連れ去った。誰より呆《あき》れたのは命永《なが》らえたはずの本人で、あとで散々馬鹿にされるはめになった。すぐにかかった追っ手からの逃避行《とうひこう》は、稀代《きたい》の兇手と謳《うた》われた彼をもってしても死と隣合わせのものになった。今でも不思議に思う。完璧《かんぺき》に感情を制御《せいぎょ》できる自分が、なぜ——あんな行動をとったのか。

『憎《にく》むことさえ面倒になったというに、今さらそんなものに手を出す気はない。アホじゃおぬしは。妾がいつか「我が背の君」などと呼ぶとでも思っているのか？　おめでたいぞ』

ぶつぶつ文句を垂れていた彼女は、けれどいつしかそのおめでたい言葉で彼を呼んでくれるようになった。美しい笑《え》みを見せてくれるようになった。

『だがのう、我が背の君、愛し愛されるだけでは、どうにもならぬこともあるのじゃ』

頑固すぎる彼女を口説き落とすのにどれほどかかっただろう。

そして、蜜月《みつげつ》はあまりに短かった。

『のう邵可、そなたを愛しているぞ。ふっふっふ、秀麗も静蘭もこの世でいちばんかわゆい。ほんに妾は幸せ者じゃ』

死の床《とこ》でも「ふっふっふ」と笑ってしまえる女性など、彼女くらいなものだ。

『我が背の君、……あんまり泣くなよ』

彼女が死んだのは、その眼差しのように鮮烈《せんれつ》な雷光が轟《とどろ》く夜だった。

――邵可が愛するのは、生涯《しょうがい》ただ彼女だけだ。

あとがき

皆様、花粉症と超絶時期遅れインフルエンザは無事乗り切れましたでしょうか？　近頃自分は「あとがき」を書くのがものすごく下手くそなんじゃないかと自覚してきた雪乃紗衣《ゆきのさい》です。ぐぬぬ、あとがき恐怖症になる前になんとか克服しないと……。

さて、おかげさまで彩雲国初の短編集「朱にまじわれば紅」を出させて頂くことができました。雑誌掲載が二本、書き下ろしが一・五本…という感じでしょうか。とはいえ、「The Beans《ザ・ビーンズ》」をお読みになっているかたはムンクの叫び顔をなさるであろうものが一本……。

そう、雑誌掲載のうち一本が大改稿となっております（ぎゃふん）。別に雑誌そのままに入れてしまってもなんら問題はなかったのですが、当時の自分自身を省みた結果、文庫収録にあたって我儘《わがまま》を通させていただくことにしました。よほどでない限りもうこんなことはないと思いますが、雑誌をお持ちのかたは少し得《とく》…をしたことに……な、なるのだろうか……。

今回はすべて外伝……ということで、秀麗が後宮に入る前だったり、官吏になる前だったりと、本編の時間軸よりもやや前の方のお話が揃いました。自称「おかあさんすぺしゃる」を楽しんでいただければ幸いです。

それにしても本編が本編ですので、今回のお話は自分でも懐かしく思えました。なんと幸せな風景じゃろ……（遠い目）。王都組の出番もちょっぴり増量できたのではないかと。

実は、この本がお店に並ぶ頃には「彩雲国物語　はじまりの風は紅く」のドラマCDも発売されているのです！　実はノコノコとアフレコにお邪魔したのですが……凄いです。秀麗役の桑島法子《くわしまほうこ》さんの第一声、あまりのハマり具合に私も担当様も絶句。他の美声優陣もめまいがするほど素晴らしく、そしてシナリオは原作とはいろい〜ろ変わっているので（フフフ…）、私自身、第三者として純粋に楽しんでしまいました。音だけで構成されているぶん、小説よりサービスたっぷりかもしれません（笑）。平面図が立体に立ちあがったようなあの驚きと感動、よろしければぜひ皆様も味わってみてください。

頂くお手紙にはいつもながら心からの感謝を。毎回「もうダメだー！」と死んでいる情けない物書き《わたし》の背を押してくださるのは、皆様の優しいひと言なのです。お返しに、このお話で少しでも笑って、元気になってくださったなら良いのですが。

そして由羅《ゆら》カイリ様、担当様、今回もお世話になりました。これからも精進いたします。

さて、このあともうひとつだけ、おまけのお話がつづきます。一巻が出たあと「薔薇姫ってどんなお話なの？」とネタを振ってくださった由羅カイリ様、ありがとうございました。

それでは、また次の機会を祈って。

雪乃紗衣

薔薇姫

「お帰りなさいませ、主上。昨夜はどこぞでお楽しみなさったご様子……微行《おしのび》をなさるのは止めませんゆえ、せめて私には行先をおっしゃってくださいと申し上げたはずですが」

深更《しんこう》――ようやく政務を終えて臥室《しんしつ》に戻《もど》った劉輝は、かるい衣《きぬ》ずれの音とともに入ってきた女官に小さく首をすくめた。

「う、珠翠……」

後宮の筆頭女官であり、貴妃《きひ》付きとして秀麗のそばにあった珠翠は、そのあと劉輝付きのような立場に移っていた。秀麗の話ができるのは彼女だけだったからなのだが、その文句なしに有能な手腕《しゅわん》を知ってからは、劉輝の身の回りを切り盛りする頼れる女官として、なくてはならない存在になっていた。

「宿衛の兵も、早朝に火をお入れする女官も、主上のお姿が見えぬとなればどのような恐慌《きょうこう》状態に陥《おちい》るか目に見えているでしょう。私にひと言おっしゃって頂ければ余計な騒《さわ》ぎは起こしません。……しかも衣《ころも》までお破りになって……」

朝衣を外す手伝いをしつつ、びしびしと怒《おこ》る珠翠は容赦《ようしゃ》がない。

そういう点も劉輝は気に入っていた。余計なことは言わず、けれど言うべきことはしっかり言う。怒るときは怒る。きびきびと働き、良く気がつき、そして何より、珠翠は他の女官たちのように、王である劉輝を何とかして籠絡《ろうらく》しようと手管を駆使《くし》して秋波を送ることが一切《いっさい》ない。文字どおり才色兼備の珠翠は、かつては連日回廊《かいろう》にあふれるほど高官たちから縁談《えんだん》を申し込まれていたと聞く。けれどその一切を彼女は切り捨てた。

なぜかと訊《き》いたら、艶《つや》やかに笑って答えた。

『お慕《した》いするかたがいるからです。何も不思議なことはございませんでしょう』

劉輝はそのとき、彼女を自分付きにすることに決めた。

劉輝の意向でとある女官が側付きになったことが伝わると、宮女は勿論《もちろん》、臣下たちも当然のようにそれを夜の相手と決めつけたが、別段否定しなかった。知っている者が知っていればいいことであるし、それにそういった憶測《おくそく》は少しの猶予《ゆうよ》にはなる。

自分が複数の女性とちゃんと床を共にする気があるのだと思わせておけば、「うるさい話」もしばらくは持ち込まれないだろう。僅《わず》かな時間稼《かせ》ぎであるにせよ。

「す、すまなかった。その、秀麗が病で寝《ね》込んだと聞いたので慌《あわ》てて……」

「秀麗様が？」

冠《かんむり》を支える複雑な紐《ひも》をほどいていた珠翠の手が、ぴたりと止まった。

「どのようなお加減なのです？　お悪いのですか？　お熱は？　まさか胸を病《や》んだなど」

立て続けに浴びせられた問いは、心底秀麗を案じる思いにあふれていた。今すぐにでも飛んでいきたいというような声音《こわね》に、劉輝は苦笑《くしょう》する。

「何やら、諸事情あって川に落ちて風邪を引いたそうだ。昨夜訪ねた折はずいぶんと熱が高かったが、今朝方帰るときにはほとんど下がっていた。もう大丈夫《だいじょうぶ》だろうとは思うが、よければ明日一日暇《ひま》をだすから、こっそり訪ねてくるといい」

「是非《ぜひ》そうさせて頂きます」

珠翠は劉輝の少し癖《くせ》のあるやわらかな髪《かみ》を丁寧に梳《す》きながら、ふと妙《みょう》に重い息をついた。

「……もしかして昨夜、藍将軍も邵可様のお邸《やしき》にいらっしゃいましたか」

「ああ。……な、なんだ、また、楸瑛に対する苦情か……」

「現状に変化がない限り、いくらでも苦情を申します。後宮と妓楼《ぎろう》を勘違《かんちが》いしないで頂きたいといくら藍将軍に申し上げてもまったく聞かないんですからね。三日とあげずにやってきては朝帰りする近衛《このえ》将軍がどこにおりますか！　おかげで今日も女官が一人後宮を去りました」

「そ、それはどのような理由で……」

「昨夜その女官は藍将軍に宛《あ》てて『今宵《こよい》おいでにならなかったら、私《わたくし》はあなたの前から露《つゆ》のように消えてなくなります』と書状をしたためて、あえなく玉砕《ぎょくさい》したからです」

「…………………………………………そ、そうか」

楸瑛はいつも通りだった。そして夜更けまで鍋を磨いていたのだ。

苛立《いらだ》たしさを表すように、珠翠の手は梳《くしけず》る速度を増した。

「恋愛遊戯《れんあいゆうぎ》を楽しめる女官たちばかりではございません。たとえ最初は遊びと割り切っていた女官も、あんな男のどこが良いのかわかりませんが、いつのまにか熱をあげて入れ込む事態になるので手に負えません。そうなると藍将軍の足はたちまち遠のき、女官が私に泣きつくことになるわけです。こういったことは自己責任ですが、この珠翠、筆頭女官として最低限彼女たちを守る義務があります。できることといったら、主上にこうして直訴《じきそ》申し上げること」

「う、しかし余を守る羽林軍将軍ゆえ、内朝に入るなとは言えぬのだ」

はああ、とかなりうんざりしたため息が背後から聞こえた。

「藍将軍がまるで話を聞かない以上、あとはせっせと予防にいそしむしかありませんが……まったくボウフラですかあの男は。追い払《はら》っても追い払っても涌《わ》いてでて。藍将軍がいらしたら即刻《そっこく》飛んでいって、粉をかけられる前に追い払うのが仕事とはなんと情けない……」

よほど苦労しているのか、あの男よばわりどころかボウフラにまで格下げになっている。苦虫をかみつぶしたような顔が目に見えるようである。思えば劉輝が王になる前から楸瑛の噂は聞いていたので、もしかしなくても長年干戈《かんか》を交えて激突《げきとつ》してきた間柄《あいだがら》なのかもしれない。

（それにしても）

劉輝は僅かに顔を仰向《あおむ》け、顎《あご》に手を当てた。

……もともと「膝下《しっか》に屈《くっ》さする者、いずれにあるや」とまでいわれた男である。誇《ほこ》り高く、妥協《だきょう》を許さず、柔軟《じゅうなん》さを備えてはいるが根はおそろしく硬骨《こうこつ》で、自分に厳しい。

そんな彼が、女性に関してはまるで別人のように華《はな》やかに遊び歩くことを、劉輝も常々不思議に思っていた。恋遊びを好むというには、先ほどの女官の一件を聞くにつけても、遊びにさほどの重きを置いているようには見えない。色好みに過ぎるわけでもないのに、花を求めるのはやまない。

本来が芯《しん》の通った男であるだけに、一人に決めたら遊びはやめると思うのだが。

(とりわけて執着《しゅうちゃく》のある女官もいないようなのに、後宮に通い続けるのも謎《なぞ》だ……)

これではまるで、わざわざ珠翠に怒られにきているようなものだ。

「ああ、また雪が降って参りましたね。もう少し火をお入れしましょう」

夜の闇《やみ》に舞《ま》い散る白い欠片《かけら》を見留め、劉輝は目を細めた。わずかに上げてあった格子《こうし》窓を下げようとする珠翠を押しとどめる。

「……いや、そのままで良い」

「はい」

珠翠は格子窓をそのままにおくと、火鉢《ひばち》に炭を足した。熱が良く放出されるように灰をかきわけつつ、香《こう》をひとつまみふりかける。くゆりはじめた香の匂《にお》いに、劉輝はため息をこぼす。

「……珠翠、なぜこの香を選んだのだ？」

「主上がそのように思い悩《なや》まれる顔をなさる理由など、ひとつしか思い当たりませんので」

夜着の重ねをいつもより一枚多く用意し、手際よく劉輝にかけていく。上げたままの格子窓からゆるりと吹《ふ》きこむ冷気が、劉輝の吐息《といき》を微《かす》かに白く染めた。

――漂《ただよ》いはじめた香は、後宮にいた折に秀麗が好み、よく室で焚《た》いていたものだった。

「気がつきすぎるな。そのついでに、二胡《にこ》も弾《ひ》いてくれぬか」

その求めは思いもよらなかったようで、酒杯《しゅはい》を用意していた珠翠の手が止まった。

「……私でよろしいのですか」

「構わぬ。何か適当に弾いてくれ」

珠翠は黙って二胡がしまわれていた棚《たな》をあけた。かつて毎夜のように音色を紡いでいたその二胡は、今はただ弾き手を待って眠《ねむ》っていた。……王のように。

ゆるやかに弓がすべり、旋律が静かに流れはじめる。弾き手を思わせる、凜《りん》とした落ち着きと、清廉《せいれん》でありながら華やぎものぞく豊かな音色だった。

劉輝は頬杖《ほおづえ》をついて椅子《いす》にもたれたまま、窓の隙間《すきま》からちらつく雪をただ眺《なが》めていた。

二胡の音色が、ゆるりと過去に誘《いざな》う。

『なぜ、薔薇《ばら》には棘《とげ》があるのだ』

まだ一年も経《た》っていないのに、遥《はる》かな昔のように思える日々。

初めて彼女の室《へや》を訪《おとず》れたあの日から、劉輝の悪夢は終わりを告げた。

『薔薇姫《ひめ》が人間の男に恋《こい》したからでしょ』

そして劉輝も恋に陥《お》ちた。

優しさをくれた。あたたかさをくれた。この手にそっと抱《だ》きしめて眠ったぬくもりを、今でも思いだせる。頬《ほお》をうずめた髪の匂いも、よく戯《たわむ》れに指で梳いていたその感触《かんしょく》も。

何よりもやわらかな体のぬくもりがあまりにも手放しがたかったから、劉輝はその日以来、秀麗と夜を過ごすことに決めた。

『昨日《きのう》の話のつづきを聞かせてくれ』

ぷりぷりと怒る秀麗に、そんな言い訳をして。

本当は途中《とちゅう》で眠り込んでしまったのは、最初の一回きりだった。次の日も同じ手を使えるように、それからあとはいつも途中で眠ったふりをしただけだった。

そうとは知らない秀麗はため息をつきながら、毎晩根気強く物語を繰《く》り返した。特にいちばん最初の薔薇姫の話は諳《そら》んじられるほどに聞いたものだ。

『昔々ね、薔薇姫っていう、とっても綺麗《きれい》な薔薇のお姫様がいたの。彼女はどんな怪我《けが》も病気も治してしまう不思議な力を持っていたから、みんなから結婚《けっこん》を申し込まれたわ……』

物語を紡《つむ》ぐときの秀麗の声はひどく優しくて、飽《あ》きることがなかった。

ひとつひとつの言の葉を思い起こすように、劉輝の揃った睫毛《まつげ》がゆっくりとおりた。

——薔薇姫はその不思議な力に目をつけた強欲《ごうよく》な主《あるじ》によって捕《と》らえられ、地上に墜《お》ちた。

長い長い時のなかで、姫の不思議な力を利用してその家は栄えていた。

けれど人の口に戸は立てられぬ。

いつしか薔薇姫の噂《うわさ》は、えにもいわれぬ花のかんばせとともに知れ渡《わた》る。

不思議を操《あやつ》るその力、降りそそぐ月光さえ蕭々《しょうしょう》と霞《かす》ませる永遠の美姫《びき》の話を聞き知って、求婚の列は途切《とぎ》れることなくあふれた。

けれど姫を喪《うしな》うことをおそれた主は人知れぬ場所へ彼女を隠《かく》し、閉じこめた。

かくして消えた薔薇姫を求め、多くの者が彼女をさがす旅をし、国中に散った。

一方閉じこめられた薔薇姫は、独りきり時の鎖《くさり》に囚《とら》われつづけた。

欲しいものはなんでも主から贈《おく》られた。——自由という名の贈り物をのぞいて。

望めばなんでも叶《かな》えられた。——その不可思議な力と引き換《か》えに。

いつしか薔薇姫は逃《に》げることさえ忘れ果て、寄せては返す時の波にただたゆたった。


時は流れる。

ある日、薔薇姫の前に一人の男が現れる。

幾重《いくえ》もに張りめぐらされた垣根《かきね》を飛び越《こ》え、薔薇姫を探し求め、逢《あ》いにきたその男は、一目で彼女に恋をした。

閉じこめられた薔薇姫を連れ去り、どこまでも逃げた。

いつしか薔薇姫はその不思議な力を失っていたけれど、男は構わなかった。

ただ薔薇姫だけを望む誠実な男の愛に、頑《かたく》なに引き結ばれていた姫の心の蕾《つぼみ》も少しずつほころびはじめる。

やがて心は通い合い、結ばれて子を授《さず》かった。

けれどその子は病に冒《おか》されていた。癒《いや》しの力を失《な》くした薔薇姫は、それでもただ一度だけ、自分の命と引き換えになら、希《ねが》いが叶うことを知った。

薔薇姫は迷わなかった。

『……私はただの薔薇に戻《もど》ってしまうけれど、いついつまでもこの心はあなただけのもの。だから、二度と誰《だれ》にも囚われないように棘を生やすわ。薔薇の棘を見つけたら、思いだしてね。それが私の愛の証《あかし》。忘れないでね、私があなたを愛していたこと。幸せになってね、私を幸せにしてくれた旦那《だんな》様。私の棘は、この世が終わるそのときまで、ただあなただけが抜《ぬ》けるの……』

時の彼方《かなた》までつづく愛の約束だけを残して、薔薇姫の命は露《つゆ》となった――。

『……だから、薔薇には棘が生えているってわけ』

優しい愛の物語を紡ぐことに照れるように、いつも最後は素っ気なくそうしめくくった。
――何も知らず、これからつづく千と万もの夜を同じように過ごせると思っていた。
心の距離《きより》は近くなりこそすれ、遠くなる日がくるとは思いもしなかった。

――……だからお願い……どうか私だけを愛しているなんて言わないで。

しんしんと、音もなく雪が降りつもる。
「……珠翠は、余を馬鹿《ばか》だと思うか？」

たゆたう二胡の音を止めないように低く囁《ささや》いた王に、珠翠も静かに返した。

「同時に大変賢明《けんめい》であらせられると存じます」

「……珠翠は、いつか想い人と結ばれる日がくると信じるか？」

「いいえ。それはありえません。ただ一人の奥様を生涯《しょうがい》想いつづけるおかたゆえ」

「……いいのか？」

二胡の音が、珠翠の心をあらわすかのように優しさを増した。

「……その方を想えば胸が痛くなります。けれど長い長い間、想いすぎたのかもしれません。何もかもが愛《いと》しいのです。あのかたが愛するものを何一つ壊《こわ》したくないのです。向けられる微《ほほ》笑《え》みが特別なものではなくとも嬉《うれ》しいと、あのかたが幸せに生きていらっしゃる、ただそれだけで幸せなのだと……そう思ってしまうから、いけないのでしょうね」

もうここまでくれば嫁《い》かず後家はほぼ確定です、と苦笑いする珠翠に、劉輝は黙《だま》り込む。

パチリパチリと、炭火が小さな音を立ててはぜた。

ややあって、劉輝は懺悔《ざんげ》をするかのように目を伏《ふ》せた。

「……けれど余は、愛するだけでなく愛されたいと願っている」

「ええ。ごく自然なお心でございましょう」

「余を馬鹿だと思うか？」

もう一度問うた劉輝に、珠翠は弓を止め、やわらかく微笑んだ。

「……だからこそ、賢明であらせられると申し上げたのです」

愛して欲しいと願いながら、すべて胸の内に押し殺して、少女の望むままに手を放した。何もかも、思うがままにその手に握《にぎ》れることを知りながら――いったいどれだけの男が同じことをできるだろう。

「だが、余はつくづく自分を馬鹿だと思うぞ……」

「ご自分を賢明だと信じこんでいる王より、よほどよろしいかと存じます」

否定しない珠翠に少し笑みをこぼして、劉輝は軽く手を振《ふ》った。

「遅《おそ》くまで二胡《にこ》を弾かせて、すまなかった。もう下がってくれて構わない」

「それでは、御前《ごぜん》失礼いたします」

珠翠は二胡を元の場所にしまうと、優雅《ゆうが》に一礼し、衣ずれの音もさやかに退出した。

（珍《めずら》しく、ずいぶんと落ち込まれていらっしゃる）

玉扉《ぎょくひ》を守る衛士のあいだを抜けながら王の様子を思い返していた珠翠は、そのせいで不覚にもすぐそばの円柱に背をもたせて佇《たたず》んでいた男の気配に気づかなかった。

「……やはり、あの二胡の音はあなたでしたか、珠翠殿《どの》」

さらうように手をとられ、慣れた仕種《しぐさ》で指先に落とされた唇《くちびる》の感触に珠翠は凍《こお》りついた。

「ボウフ……ではなく藍将軍!!」

「珍しく後宮を訪ねてもあなたがいらっしゃらなかったので、もしやと思ってこちらに足を向けて正解でした。久方ぶりに、あなたの奏でる妙《たえ》なる音色を聞くことができましたから」

珠翠は思いきり手を引っこ抜くと、きりりと柳眉《りゅうび》をつりあげて楸瑛を睨《にら》みつけた。

「藍将軍、秀麗様のお見舞《みま》いに行かれるのは大変結構ですが、あなたを恋《こ》い慕《した》う女官に逢瀬《おうせ》の叶わぬ旨《むね》をしたためた文のひとつくらい寄越《よこ》したらいかがです」

楸瑛はちょっと眉《まゆ》を上げると、ちらりと艶《つや》めいた微笑をひらめかせた。次いでわずかに首を傾《かたむ》け、珠翠の耳元に睦言《むつごと》のように囁きを落とした。

「これはこれは……ああもちろんそうするべきでした。あなたが私に逢えないことにそれほど胸を痛めてくださったとは夢のようです。つれないあなたを想って、いくつもの眠《ねむ》れぬ夜を過ごしてきた私の切ない恋心《こいごころ》もついに報《むく》われる日がくるとは……」

ぶちっと珠翠の理性の弦《げん》が切れた。思わず、閃光《せんこう》のごとく盆《ぼん》の窪《くぼ》を突《つ》いて左羽林軍将軍の屍《しかばね》を一体こしらえたいという衝動《しょうどう》を必死でこらえる。

「夢どころか単なる妄想《もうそう》ですそれは。一晩滝《たき》にでもうたれて煩悩《ぼんのう》を消してきたらいかがです」

「それほど簡単に消える程度の恋心と思われているとは、悲しいものです」

「では百晩でも千晩でもうたれていらっしゃい。早々にあきらめるなど男らしくありませんね」

「ええ、ですからあなたをあきらめることもできません。男らしいでしょう?」

逆手をとられ、言葉に詰《つ》まった隙《すき》をついて楸瑛の腕《うで》がするりと腰《こし》に回される。

「……あまり私をいじめないでください。そろそろ私の想いを受け入れて頂けませんか」

「何度同じ答えを返せば気がすむのです。年下は好みではありません」

「年下の男もなかなか乙《おつ》なものですよ。……好みなどすぐに変えてさしあげます」

見事なくらいごく自然に唇が重なりかける。が、寸前で珠翠の手が無粋《ぶすい》に割りこんだ。

「いらんお世話は焼かなくて結構です。──年下どころかお子様など話にもなりません」

確かに珠翠のほうが年上ではあるのだが、さすがにお子様という言葉には口を尖《とが》らせた。

「二十五を迎《むか》えた男に、お子様はないでしょう」

「中途半端《ちゅうとはんぱ》に遊ぶだけ遊んで後かたづけもしない男のどこが大人ですか」

思い当たることがあるのか、楸瑛は口をつぐんだ。

珠翠は胸を押しやり、無言で放すように告げたが、楸瑛は腕をほどこうとはしなかった。

「いい加減甘えるのはよしたらいかがです。他の誰かを心に秘めている男の睦言を本気にして、一人のぼせあがって結局泣くハメになる宮女たちがいい面の皮です」

腕から逃《のが》れることは可能だったが、さすがに羽林軍将軍の藍楸瑛は甘くない。そんな体術を披露《ひろう》して勘繰《かんぐ》られないわけがなかった。仕方なく珠翠はなるべく努力して普通《ふつう》に腕を抜こうとしたり、体を引き離したりと余計な神経を使って一人悪戦苦闘《くとう》した。ゆえにそのとき楸瑛がどんな顔をしているかなど気づきもしなかった。

「さすが……」

ややあって、まるで硝子《がらす》細工を扱《あつか》うかのようにそっと珠翠の頭が引き寄せられた。

「あなたがそうだからつい、甘えたくなってしまうんですよ。……初めて会ったとき、あなたはとても優しかったから」

そして珠翠の艶《つや》やかな髪《かみ》に軽く唇を押しつけると、羽織っていた自分の外套《がいとう》を外して珠翠をくるみこむように包んだ。ふわりと、楸瑛のまとう香が薫る。

楸瑛の双眸《そうぼう》がさまようようにわずかに揺《ゆ》れた。

「……少し、考えたいことができました。申し訳ありませんが、今日はお室《へや》まで送って差し上げることはできそうにありません。お気をつけてお戻り下さい」

急に硬質《こうしつ》になった声を訝《いぶか》しみつつ、珠翠はこれ幸いと一礼した。芯《しん》が凍《こご》えるほど寒い夜だったので、外套はありがたく借りることにしてさっさと歩き出したが、途中《とちゅう》で首を傾《かし》げる。

(……初めて会ったときって、私、何かしたかしら……？)

●❋●❋●

ちらついていただけの雪は、今はもう吹雪《ふぶ》くほどに荒《あ》れはじめていた。

吹《ふ》きこんでくる風は、もう火桶《ひおけ》だけではかばえないほどの冷気を帯びていたが、劉輝は格子を降ろそうとせず、降りしきる雪を見つめてただ黙って座っていた。

――……だからお願い……どうか私だけを愛しているなんて言わないで。

昨夜のこと。

夜中に皿洗いの合間を縫《ぬ》ってこっそり様子を見に行くと、秀麗は譫言《うわごと》のようにそう呟《つぶや》いた。まるで、劉輝がそばにいることを知っていたかのように。

……時折、思うことがあった。秀麗は、劉輝に対してというよりも恋愛《れんあい》そのものを無意識に避《さ》けているのではないかと。官吏《かんり》になるためかと思っていたが、ひょっとすると根はもっと深いのかもしれなかった。

……でも今は、それでもいい。

大事な時期だ。秀麗が自分のことで手一杯《いっぱい》なことを知っているし、劉輝もまだ待つことができる。時はまだ満ちていない。

絳攸が持ち込んだ資料では、出そろった今年の州試首席及第《きゅうだい》者は、空前絶後の低い平均年《ねん》齢《れい》となった。藍家からは『藍龍蓮』が送りこまれ、女人受験と併《あわ》せて治世最初の重要な分岐《ぶんき》点となるのは間《ま》違《ちが》いなかった。情に惑《まど》って牌《はい》の差し位置を間違えるわけにはいかない。

州試の答案を見ればおおよその及第順位は想像がつく。もしもそのとおりの結果が出たならば――劉輝は、秀麗との長い別れを覚悟《かくご》しなくてはならなかった。

彼女の心が今以上に離れていく危険性をもはらんでいると知りながら。

劉輝は自嘲《じちょう》した。まったく自分は馬鹿《ばか》だ。自分で自分の首を絞《し》めることばかりしている。

（……秀麗）

旅立つ前に、自分は彼女が言わないでくれと囁《ささや》いた言葉を告げるだろう。

忘れられるわけにはいかない。あきらめるわけにはいかない。たとえ返される答えを知っていても、今度ばかりは逃げ道をつくってあげられない。そのかわり少しの猶予《ゆうよ》をあげるから。慎重《しんちょう》に、過ぎるほどに注意深く、小鳥のように飛んで逃げていかないように追いつめて。間違えるわけにはいかない。だからきっと本当の想いの一千分の一くらいで。

そしてきっと手を放した瞬間《しゅんかん》からもう後悔《こうかい》するのだろう。

……それでも劉輝は知っていた。

どれほどつらくても、寂《さび》しくても泣きたくても。不安と焦燥《しょうそう》に荒れ狂《くる》っても。

昨晩のように、その体に触《ふ》れてすべてを手に入れたいという欲望を寸前でおさえこみ、彼女の意思を尊重して自ら手を放すことができるのは。

自分の手に、すべてをひっくり返す最強の切り札があることを知っているからだ。

秀麗がいつどこにいても、このさき誰《だれ》をどれほど愛しても、劉輝は言の葉ひとつで彼女を召《め》しあげ、手に入れることができる。

主が薔薇姫を地上に墜《お》として閉じこめたように、彼女と「外」をつなぐ糸をことごとく断《た》ち切って、隔離《かくり》して、何もかもを無視して——。

その気になれば、欲しいものを奪《うば》い去ることはとても簡単。

(……卑怯《ひきょう》で最低で下衆《げす》な考えだ)

けれどおそろしいほどのその誘惑《ゆうわく》に、どれほどたえられるか自信がない。

——愛するだけでなく愛されたいと、狂おしいほど願っているから。

大切に、大切にする。その心を最大限に慮《おもんぱか》り、彼女がゆっくりと目覚め、手渡《てわた》す想いを一人で考え、吟味《ぎんみ》する時間もあげられる。辛抱《しんぼう》強く、忍耐《にんたい》強く、ギリギリまで待つ。

切り札を持っているからこそ、誰より慎重にならねばならなかった。彼女を愛しているというからには、使うわけにはいかなかった。けれど……これから先、どんなことがあっても決して使わぬと言い切ることはできない。

「……そなたを、愛している」

空《から》の後宮で、劉輝は一人待つだろう。

背水《はいすい》の陣《じん》でのぞむ覚悟を見せなければ、秀麗は決して最後の一歩を踏《ふ》みださない。

いずれ、そのときは必ずくる。

願わくば、閉じこめることしかできなかった主ではなく。

「薔薇姫を愛し愛された男のままでいられたら……」

呟いた言葉は、凍えるような風にさらわれ、雪のなかに消えていった。

BEANS BUNKO

「彩雲国物語　朱にまじわれば紅」の感想をお寄せください。
おたよりのあて先
〒102-8078　東京都千代田区富士見2-13-3
角川書店アニメ・コミック事業部ビーンズ文庫編集部気付
「雪乃紗衣」先生・「由羅カイリ」先生
また、編集部へのご意見ご希望は、同じ住所で「ビーンズ文庫編集部」
までお寄せください。

彩雲国物語《さいうんこくものがたり》　朱《しゅ》にまじわれば紅《くれない》

雪乃《ゆきの》紗衣《さい》

角川ビーンズ文庫　BB46-6　13788

平成17年5月1日　初版発行
平成18年9月15日　12版発行

発行者――井上伸一郎
発行所――株式会社角川書店
東京都千代田区富士見2-13-3
電話／編集（03）3238-8506
営業（03）3238-8521
〒102-8177　振替00130-9-195208
印刷所――暁印刷　製本所――本間製本
装幀者――micro fish

ISBN4-04-449906-3 C0193 定価はカバーに明記してあります。

志麻友紀×さいとうちほの
新シリーズ開幕！
銃士《マスケティア》になる。
自分の生きる道を、
切り開くために。
マスケティア・ルージュ
深紅の銃士
志麻友紀
イラスト／さいとうちほ
男勝りの炎のような少女ジュリアは、自由を求め憧れの銃士になるため、男装して名も“ジュリアン”と変え、アンジェの都に向かう。そこで出会ったのはユーグを始めとする三人の魅力的な銃士たち。さらに、王妃を陥れようとする陰謀に巻き込まれていき……。
角川ビーンズ文庫

朝香祥&鈴木理華による「キターブ・アルサール」シリーズ最新作！
キターブ・アルサール
風の呼ぶ声
朝香 祥
イラスト／鈴木理華
アル・シャマル族の次代候補の少年ジェナーと、同じく次代候補で、優れた力を持ちながら、女性に興味がないことで変人扱いされている青年カウス。何かとカウスに反発しているジェナーだが、ある日、憧れの的である舞姫イリヤの護衛をふたりで務めることになり……!?
好評既刊
キターブ・アルサール　赫い沙原
キターブ・アルサール　蒼い湖水
キターブ・アルサール　皓い道途　（イラスト／あづみ冬留）
キターブ・アルサール　不機嫌なイマナ　（イラスト／鈴木理華）
角川ビーンズ文庫